板栗集

麥樹堅

自序

辦公室書架的當眼位置，放着鍾國強先生的詩集《路上風景》。詩集第三頁記錄了三項資料：一九九九年一月十五日、首次詩會、胡燕青老師送贈。我還記得當日的細節：正值大一的寒假，午後我特意從屯門坐車回九龍塘善衡校園，在冷冷清清的教職員餐廳與胡老師見面。大抵老師為下學期備課，所以照樣回校；其他成員失約，我們便隔着四人方桌開詩會。我那丟人的詩作題為〈柑〉，意念源自王良和老師的「柚中萬象」，卻是東施效顰，強加扭絞出來的淺薄情感。胡老師花兩、三分鐘把詩讀完，繞過作品（因為沒有甚麼好談）跟我談寫作，問我何時開始寫詩，中學時代有沒有參加過徵文比賽之類。答案多為「無」、「不知道」，比較體面的回應是：我預科的文學老師是你的學生。詩聚為時一個鐘，末了老師送出身邊的詩集，切囑好好細讀。老師心慈面軟，話說得委婉溫厚，我才容易擺脱慚愧。往後幾個月，《路上風景》一直在背包，我有空就翻閱。又從青文書屋開始逛樓上書店，在它們的書架上找到更多詩集、小說集、散文集。那首叫人汗顏的〈柑〉已被銷毀，卻算得上是周記、隨筆和作文以外的自發寫作。後來別人問我何時開始文學創作，我會說入大學之後——更確切的日期是一九九九年一月十五日前幾天。

孑然回望，山麓被霧靄遮蔽，虛無飄渺，既不知此刻身處谷壑抑或峰巒，也不知去路更寬抑或更窄。但記得，二零一二年我獲邀走進王良和老師的寫作班談詩歌創作；二零一六年，鍾國強先生擔任《絢光細瀧》對談讀書會的嘉賓。這些機緣，是我把《路上風景》置於書架當眼位置的原由——一直走來，繼續走去，路上頗有難以曲盡言明的風景。

《板栗集》分三輯，第一輯是新作，寫在《絢光細瀧》之後；第二、三輯為舊作《對話無多》、《目白》的精選作品。廿二篇散文裏，寫得最早的是〈千世貴族〉（一九九九），最後的是〈開胃少年〉（二零一九）。編選時我看到自己的轉變，再明顯不過的是語調變化反映的態度和心境，而當某種光景遠逝，該時期文字的良莠精粗都留不住。

重讀這批散文，如見一顆顆啞色的板栗。

我和板栗有這樣的故事：八、九歲左右，每逢周末大人爭分奪秒打麻雀，常嫌小孩煩擾、礙事，便將輕省的烹調工序如碆栗子發給小孩做。他們着我拉張紅A膠凳，從外公的工具桶取出鐵鎚，再拿個小號筲箕在玄關開工。我隔着鐵閘看住戶的腳丫進出升降機，又跟隔鄰的譚師奶打招呼，她循例稱讚一下：哎吔乜咁乖仔幫阿婆手碆栗子呀。對，除了掐荷蘭豆的老筋、擠白果芯，我亦自學碆栗子。板栗較易處理：平放在俗稱「吸咀」的門檻上細力敲鑿，直至出現裂紋。待裂口夠闊，就用拇指指甲去扳、去齳，若然手勢夠好，連着衣剝出來的栗子肉會很完整。我小心翼翼，一方面不想錯手傷及手指，一方面追求最多的完美。樓層的走廊不時刮起涼風，捎來鄰家的氣味和隱約的話語，送來上給「門口土地財神」的清香。五點鐘左右開工，亞洲電視本港台播晚間新聞時收工，入夜了，四方城有人要讓位去煮飯，其中一道菜是栗子燜排骨。

碆栗子過程簡單，但對小孩子來說有學藝的意味，有鑽研深究、力臻完美、慢工細貨的餘地。我不喜歡碚栗楔，但總要處理；向大人討教，一個説要粗中有細，一個説而不明。罷了，原來最重要是不要怕砸傷手指，砸中也要學識忍痛；接受事情存在或然率，譬如板栗本身有好有壞。碚栗子的數十分鐘像異度空間，背景固然是麻雀耍樂的相關聲響，但專注於板栗便有肅穆靜默。向神祇借來粗糙的工具做細緻的活，繼而化為鎮壓口腹之慾的顆粒。大人視為打發時間的下欄工序，若干年後與寫散文的體會重疊了。

再説，一個栗蓬藏着三顆栗子，霎眼看似顆充滿意念的腦袋。

感謝匯智的總編輯羅國洪先生，讓我的散文得見世面；謝謝花苑為設計操勞。謝謝默默支持我的家人、朋友和學生。

二零一九年三月

目錄

第一輯

第二輯（一九九九—二零零三）

第三輯（二零零四——二零零九）

第一輯

人龜車

抓住烏龜的殼，提起翻轉，牠們大可能伸出四肢胡亂蹬踼，甚至扭過頭來要噬去你手指的一塊肉。然而頸長莫及，牠一咬再咬都是空氣，樣子雖然倨傲，但彈珠似的小眼睛乍現驚惶。那些躲在離岸高處的老龜心知肚明：那些毛頭會捉吾輩來玩，要是嬌小可愛，尚有變成寵物的可能。若看不順眼，不必用石頭砸，只消向天拋起……

頑童間或發現水池旁有裂殼而斃的龜，石磚上有未凝固的血漬。癱軟的手腳，溢露的肝腸，蒼蠅圍繞亂飛。頑童之中，有個閉眼誠心唸「阿彌陀佛」，其餘斜看一眼，心想這龜太笨，不懂尋覓安全地方曬太陽。其實水池容不下那麼多龜，有些龜必須冒險在頑童易達的地方登陸，畢竟陽光是牠們賴以長身體、保暖、養生的重要憑據。

那個水池本身並沒有甚麼好玩，我一直認為。是管理處刻意把它佈置得很優雅，栽種竹樹、楊柳，又設長椅石凳。我們這群小六生都喜歡打乒乓球「猜枱」，以紅雙囍無縫球、球拍和底褲做賭注；去公園踢波，輸的一隊一字排開做球靶。若不是四驅模型車風潮來襲，池裏的龜不需誠惶誠恐。

要捉池邊曬太陽的烏龜不難，只消動作靈巧，切入牠們的盲點，十次裏有一、兩回得手。要是有粗樹枝幫忙，成功率更高。我們曾把其中一隻放進索口袋，綁架到球場陪我們踢波（抱歉天黑就丟下牠不理）。捉龜不是我們的本意，大家看中池邊沒有渠蓋的去水溝——那條半月形的溝渠長年乾涸，眼觀尚算乾淨，用來放模型車可謂一流。故此，阻擋賽道的生物不得好死——牛蛙死得最慘，蝸牛次之。烏龜膽怯不會爬進賽道，本來相安無事，但我們輪流作賽，見牠們近在咫尺，有時不惜弄濕半條手臂也要將牠們拖上水逞逞威風。

「哼——」是我或我的同學，抓住烏龜將腹甲貼近某人的臉。被嚇的人會大聲講粗話，驚叫烏龜射尿。繼而兩人在空地追逐、格鬥，碰撞時甩手，龜就應聲墮地爆殼，吐血而亡。

「啊你係殺龜兇手，你有報應，考唔到第一志願中學。」兩人，其中一個可能是我，會一邊逃離現場一邊推卸責任。

霸佔安全位置曬太陽的老龜，冷眼看同伴被擒以至喪命。模型車飛出賽道直插水池的一幕可能令牠們暗喜，但更希望毛頭專心玩溝渠賽車，像鬥狗一樣競跑，怪叫，然後跌傷撞瘀，繼而惡言相向、拳來腳往，自相殘殺最後消失。

模型車熱潮固然令龜群提心吊膽，竟又是注入我和同學體內最兇猛的激素。誰都知道那份友誼註定於小學畢業後垮敗，但高峰未至就崩壞，陰暗面提早暴露未必是好事。

總覺得之前，我們再壞都有分寸。某人發現遊樂場的滑梯可成模型車的攀山賽道，我們就霸着來玩計時賽。可是總有不識趣的幼童，恃着父母在旁就跟我們爭。他們一屁股推倒奮發向上的模型車，其父母更斥責我們欺負幼小，叉腰問我們在哪裏讀書。

「××小學。」我們異口同聲以敵對學校的名字為答案。

另一個賽場是車站後的硬地足球場，玩法是並排由球場邊線起步，直衝對面邊線為止。這樣玩得一直「阿崩叫狗」追着自己的車。若然電量充足，就得拼盡力氣奔跑。不是我，是我同學失足跌個狗吃屎，手肘、膝蓋滿是鮮血，而車直衝入龍門後的灌木叢，無人仗義截停。勝利變得重要，贏了的不單沒有攙扶跌傷的同學，更用尖酸語言嘲弄他失去「愛駒」。

龜不知道，烈日當空的正午可稍為鬆懈戒備。由於消息不靈通，不知模型店何時補貨，想買目標產品唯有勤加巡察。我們各自揹一瓶一點五公升的冰水，步行到模型店朝聖。轉速三萬以上的摩打賣過百元，當中更以「黑摩」為王者——據說它黑色的外殼有助散熱，能發揮最大功率。有同學求勝心切，哪怕只贏半個車位都要把車改裝：又稱龍頭鳳尾的防撞杆（其實是捱撞杆）、海綿軚、加速軨、避震器、合金齒輪、偷輕的底盤、透明車殼……為買高價的改裝零件，零用錢不夠就變賣萬變卡、遊戲機、漫畫，再偷父母的錢，甚至向同學借貸。有人要借，自然有人放債，但利息是做跑腿、代做作業等等。雖然看在眼裏不舒服，但有同學更過分：噴黑普通摩打當「黑摩」賣，錢到手後懶理批評。錢和勝利的慾望，令許多同窗六年的少年反目。

隨後我們又學懂排擠杯葛。田宮模型車價格飈升依然渴市，冒牌貨應運而生。向來不砌模型的同學不甘被冷待，便去文具店買雜牌車。我們拒絕接納他，即使他主動示好，又提醒我們受過他的恩惠。我們只認住田宮模型的藍紅雙星，其後有誰（不是我）趁他不察，比賽時踹了他的模型車一腳，壓壞裏面的零件。由於不是正廠產品，零件不能配，他的車就報廢了。

阿臭則做了虧本生意。阿臭的衣衫有股酸腐怪味，向來被我們歧視。有天他派發一套三支的螺絲起子，人人有份永不落空。問他是不是社區中心、互助委員會派剩的物資，阿臭矢口否認，堅持是為了同學福祉而央求親戚捐出的禮品。又過幾天，因為免費的螺絲起子，我們和阿臭勾肩搭背，但隔了個周末，起子陸續遺失，我們又再叫他阿臭，死阿臭——他不喜歡這個外號，但我們樂於使用他送的工具。

被我們綁架到球場復遺忘的烏龜，可能嗅出幾百米外就是水池，一步一步爬，途經滾軸溜冰場又嚇得發抖。孩童在長年荒廢的滾軸溜冰場出入口放磚頭，模型車順着圓周跑，車主可站在場中心觀戰。這種玩法不只單調，一邊車頭的「飛碟」（導輪）很快就完蛋，要即場維修。此時，那些家境不俗的阿福就煞有介事登場，打開透明膠箱，下層井井有條放着模型車，上層放各種工具和零件。他們會展現討人厭的專業姿態，還有那種財大氣粗的嘴臉。這種人愛車如命，但技術爛透，即使替模型車裝上三萬五千轉摩打也要落敗。阿福該在幾年後覺悟，太惜車是贏不到的，我們使用故意弄壞的可充電池，未接通電路車輪已瘋轉。其實把車撞破撞爛又如何，贏是最重要，阿福，車殼刮花你就心痛，那麼回家去玩無限續局的任天堂吧。

阿福悶悶不樂，索性躲在家裏玩自由拼砌的賽道，幾百元一套，想擴充就要買兩、三套賽道。深閨的阿福樂在其中，不分晝夜陰晴和自己玩，和兄弟玩，或邀請好朋友去玩。所謂好朋友，若不是馬屁精，就是家長眼中的好孩子——考全級十名以內，儀容整潔，不講粗話。本來在學校，我們和阿福還有合作空間，但自從私人賽道的事曝光（重點是沒有被邀請去試玩），小息時也沒有兩句。

「死阿福，最後一年的班際足球賽你做後備中的後備啦。」

烏龜趁深夜巴士停駛，一鼓作氣爬過馬路，在灌木叢保護下歇息，只要再爬幾十米就能落水。如果牠夠聰明，一定待至下一個深夜才動身。灌木叢與水池之間是屋苑孩子最愛的一段溝渠，模型車會沿着水溝飛馳，然後在終點排隊，勝負分明。那龜遠看着偷笑，排水溝髒到極點：童子尿、唾液、濃痰、帶血的鼻涕、嘔吐物、狗糞，通通往那裏吐、那裏倒。清潔工從不主動清理，由得雨水沖刷。也就是說，模型車在看不見的髒物上飛馳，輪子極邋遢，我們的手碰過車輪又去摑誰的臉，或請誰吃糖。

「喂整唔整粒黑加侖子糖食下？」

在溝渠放車要輪候，未上場就吃糖或捉龜，大人着緊的升中試我們不太上心。再忙都去放模型車，甚至不上補習班，在溝邊耗盡幾百枚電池，車撞爛了，再砌新的。輸了，就玩到贏為止。不夠錢，就借，就偷。不服氣，就出旋風腿、昇龍拳追打對方。誰斗膽偷電池，推他落水用粗口問候。有牛蛙阻路，用樹枝刺死曬乾。

如果被綁架的龜真的爬回水池，理應學乖要選有利位置曬太陽，而未有受難經歷的就被頑童、我們捕捉，或歸西，或僥倖回家。牠們沒有時間觀念，但到了某個時刻知道可肆無忌憚在任何位置享用陽光。

最後一串小學鐘聲讓我們踏空跌墮，掉入無暑期作業、不用補習的長假。群體瓦解，不再撥打倒背如流的電話號碼，因為獲派不同中學，即使在屋苑商場相遇都不打招呼。是未來的同學又如何，各自努力在暑假「洗底」，趕在九月開學前更像初中生：拼命留長頭髮、分界；丟棄「白飯魚」，改穿yasaki、kamachi、mofork波鞋；不再碰四驅模型車，要砌就砌進階版高達、噴手辦。

我試過揹索口袋落樓，球場上沒有認識的人，乒乓球不能一個人打，唯有去池邊溝渠玩車。一個人放，一個人追，一個人收，玩幾次就覺無聊。有小孩過來挑戰，手上的車有點殘舊，可能是他哥哥厭棄的舊物。他扭動開關，電池將近耗盡，輪子轉幾秒就停下。他拍一拍車底，輪子敷衍地轉幾周，再拍，車子一動不動，像被嚇死的龜。

二十多年後屋苑老化不堪，但水池並未乾枯，午後陽光慷慷慨慨灑進去，眾龜享受平靜的溫暖。活得夠久的那一群，小小腦袋未必記得有過半年日子，毛頭在溝渠放模型車，熱熱鬧鬧地威脅過牠們的生命。

以為世上再沒有模型車？錯了，依然有賣，依然有人砌。

咔一聲扭動四驅模型車的電源掣，輪子像電鋸一樣快轉，呼呼生風。車軸有虛位，輪子震動，似被擒而使勁掙扎的龜——就像小六那年被我們逮住那隻，希望脫身竄回水池。

我剛剛組裝好女兒在玩具店看中的卡通動物四驅車模型。
那段溝渠、小學同學、幾位阿福、阿臭和自己，我一一憶及，滿滿三十年以後。

二表哥

大舅父的兩個兒子——即我的表哥，名字沒有譜系感覺，且相貌差別甚大，在外人眼裏一正一邪，誰都不敢咬定他們是親兄弟。然而將他們拆散單獨拼湊，大表哥和二表哥各有幾分像大舅父、大舅母，甚至可補充說：大舅父和大舅母年輕時五官相似：方臉，頰無肉，腮骨微隆，下巴扁平，鼻樑挺直，眉目帶慍懟……若四目交投會有在密林被老虎盯着的寒意。

我曾在大舅父家小住，當時三歲半，最清楚的片段是大舅母帶我們三個男孩，朝早在葵興與葵芳之間的高架鐵路下吃街邊檔的艇仔粥。碗裏的粥明明滾燙，表哥卻飛快吃完；我食量小，吃得慢，粉色瓷碗裏老是汪着半碗粥。二表哥怨我累事，幸有大表哥介入我才有時間勉強了結早餐。那天陽光大好，表哥領我去文具店看東西，二表哥買走一盒編號MR-04的「百變雄師」機械人。機械人能變形做藍色直升機，二表哥無論如何都不讓我碰，充當飛鐮的銀色旋翼將日光剪碎拼貼到葵芳邨廉租屋的粉牆上。

之後我差點死掉。

大表哥比我長五歲，很注重自己的課業，經常閱讀，我只好黏着不讀書、不做作業的二表哥。有兩件事嚇得大舅母魂不附體，一件是我吃波子糖噎住，慌亂之間大舅母將我倒吊猛力搖晃，幸而卡着的糖果完整跌出；另一件事是追逐期間我失平衡撞向衣櫃，眼角腫成雞蛋，又幸而沒有撞傷眼睛。若要揪出事件元兇，都是二表哥——波子糖是他給我吃，又是他跟我追逐玩耍。

我漸漸不喜歡二表哥，他會搶、會偷我的玩具，不成功就擰壞它，兼且狠心得高明：專挑脆弱關節落手，害我哭着找萬能膠搶救。他又哄我當氣槍活靶，騙我射中也不痛。我受委屈便央求大表哥主持公道，二表哥必然仰起下巴挺胸矢口否認，導致兄弟揮拳相向，最終要不怒自威的大舅父或大舅母用一束藤條、鐵線衣架、木尺或羽毛球拍拍柄體罰二表哥。他們落手時俐落有勁，二表哥按着大髀、屁股喊痛，屈服與否他們都會在痛感消失前於相同部位加鞭。如果二表哥閃避，他們就扯他耳朵拆毀他的防禦陣式，然後抽得更狠。二表哥聲淚俱下但堅拒道歉，用狼的眼神望人且唸唸有詞。幾年後，他安然捱一、兩記抽打當虛應故事，之後逃出去遊蕩。

長輩都搖頭說他是魔王託世。

二表哥的耳朵長得比較奇特，略大而曲折多邊。他一直蓄短髮，雙耳無遮無擋任人點評。據聞耳朵主少年運程與家運，亦反映壽數與智慧。大家都說，耳殼貼腦的主流相學解釋在二表哥身上是大謬：他饕餮，不真誠，不踏實，做事懶散。耳薄則批得準——他任性衝動，揮霍無度。校內他成績差劣，在外經常惹事：跟人打架，貪玩坐陷人家的車頭蓋，諸如此類。這個時期大表哥在名校讀書，閒來彈結他唱英文歌。

不久大舅父舉家搬往一水之隔的青衣，居住環境改善，房間裏有屬於二表哥的床鋪，但整齊得不似用過。

高中開始，我經常被誤認是大表哥。某日在街上偶遇細舅父一家，聊了幾句，發覺細舅父語無倫次，精明的細舅母掩着嘴笑：「這個不是你大哥的大兒子，是你大姊的大兒子呀！」人物關係並不混亂，僅是外表相似。考完高考，我在大舅母打理的菜檔做暑期工，負責搬運送貨。我留長頭髮並漂染成茶色，活像不良少年，被大舅母薄責，菜檔員工便以為我是大舅母的小兒子。我否認，被視為撒謊——他們見過大表哥，憑長相斷定我是弟弟。有人用二表哥的名字稱呼我，甚至暱稱我為「細佬」。被誤會是二表哥才知道他從未露面，兼且伯仲之間有無形的排擠。每朝我跟車送貨到鳳德邨，開車的員工問我有沒有駕照，我答沒有，旋即被奚落：你「大佬」入大學前已有貨車牌，之前我讓他開車，我坐旁邊做師傅——換一個說法，我沒有駕照就是窩囊廢。傳聞大表哥進的學系只收尖子，菜檔上下都覺得他有本事：那麼，「弟弟」也來自著名中學吧？我笑着擰轉頭，不打算澄清我來自band 5中學。

舅母叮囑，千萬別跟菜檔的人提起家事。她的家事我只知大概，畢竟是後輩，人生經驗疏淺，根本不敢有想法，倒是猜測兩個表哥以後怎樣。當然，大表哥畢業後自然從事專業工作，生活不成問題，向上流動的路徑擺在目前。二表哥呢？也許夜夜在刀光劍影、拳來腳往的世界謀生。

二表哥勉強讀完中學就出來工作，沒多久左頰有道闊若筷子的疤痕，他否認是刀疤，卻不解釋如何受傷。親戚覺得他徹底的壞，不願談論。所有節日慶祝聚會他都缺席，唯獨外婆壽宴他才亮相，伴着她打牌，跟她講笑、聊天。三位舅父趁機圍住二表哥，帶他到酒家一角訓話——三位舅父都當差，其實更像反黑組便衣警探在街頭搜查疑人。二表哥的一大轉變是不開腔辯駁，只抿嘴而笑。然而笑起來臉部不平衡，疤痕拉緊左頰的皮膚，容貌顯得奸邪。難得聽到二表哥講半句話，聲線如被火灼過，也許是長期熬夜與煙酒過多所致。開席前他向外婆告辭，說夠鐘返工，傳聞是酒吧，有可能是調酒師被玻璃杯碎片刮花臉龐嗎？二表哥的離開像颱風潰散，燒味拼盤上桌了，親戚舉杯熱心地問我有沒有信心升大學，大表哥侃侃談及大學面試技巧及讀書方法，這都在我做暑期工前發生。

其後，大表哥經常在電視節目亮相。每逢假期長輩開兩桌麻雀打得天昏地暗，晚飯也直接在枱邊囫圇，卻不忘扭轉頭瞄一眼電視機。顏臉乾淨光滑的大表哥就這樣參與了家族聚會，儼如大舅父、大舅母派來的代表。長期病沒有阻斷外婆搓麻雀的興致，純粹令她不問家事。

大表哥擺喜酒當晚，不少賓客憑直覺誤會我是二表哥，喚我做小叔，恭喜呀恭喜，更將人情禮封塞到我手。我睨住久違的二表哥，他半瞇着眼笑，左頰的疤痕與笑紋混和。賓客怎會猜中二表哥是那個用髮蠟將頭髮梳得整齊貼服、滿有水光的男人，他在盛夏穿樽領上衣、披西裝外套，手握尺寸剛好夠收納一支半自動手槍的黑色真皮手提包。二表哥已是成熟男人，遺傳而得的兇相已遠超父母，有令人打冷顫的沙石嗓子。平白無奇的話，由他道出立即危機四伏：「吃了飯沒？」聽的人只意會他想帶你去江湖飯館。要是搭着你肩膊，會以為他要施暗勁令人脫臼。

當晚兩個表哥同場出現比過往任何一次都要詭異：一個以幕前形象在掌聲光影下切結婚蛋糕，一個把身體包得嚴嚴密密笑而不語。盛裝的大舅母風韻不減，更憑威儀遊走全場指揮大局。全靠昏暗減退幾分枯槁，霎眼看大舅父依然強悍，默默坐在普通席上用餐。外婆顯然累垮了，斜躺在輪椅上，焦點游離於天花吊燈與素不相識的人身上。半數菜餚上桌後，她就被送返老人院休息。

外婆的喪事從簡，但該遵守的規矩不能馬虎。大表哥穿長孫的孝服，與孝子相近，又與其餘內孫和外孫分得清清楚楚。大家累得眼圈發黑、雙目無神，往事不分類被封箱、打包隨手一擱。我守住外面登記的桌子封吉儀，這是個魅影幢幢的交界、緩衝位置，我看見親戚沿走廊遠遠步近，舉止本來相當平靜，但與我交談幾句就開始哽咽（小部分親戚表現錯愕，原來依然認錯我是大表哥），未幾開始吸鼻子。堂倌向我點頭，我才請他們進去鞠躬。忙亂之間，我記憶可能出錯，到底大舅母有沒有來，幾時來。本來我可從填寫的表單求證，但表單之後下落不明。聽聞她已搬到地名相當旖旎的梨木樹，三十年人生在葵青和荃灣之間畫了個三角形。

二表哥則肯定有出席，一身素服如儀。臉上疤痕色澤轉淡，又因為皮肉鬆弛，疤痕不再拉緊皮膚。

喪事上各有職責，我沒有上前問近況。翌日出殯，堂倌催促大家收拾物品往火葬場，而大表哥是執引魂幡的一員，需要我幫個忙。堂倌吩咐千萬別走回頭路，私家車一定要跟着駛到火葬場，完成儀式後直接去吃解穢酒。

於是，眾人衝上小巴追趕時辰，我和二表哥離隊跑去附近的錶位取車。我好奇二表哥是不是開本田辣跑，抑或故作低調開一部後備的賓士。都不是，隨着解鎖防盜裝置，鳴響的是一輛輕微改裝的客貨車。車身貼有「柿東改」、「冰島神宮」等意思不明的反光貼紙，車尾有毫無擾流作用的裝飾尾翼；拉開趟門，粉紫色LED燈條令內籠增添迷幻氣氛。二表哥是客貨車司機，遊走港九新界接「柯打」幫人載貨。

家族走至這個關頭，二表哥許多若有若無的過去已不重要，他已是成熟辭枝的果子。

我按下大表哥車匙的遙控器，響應召喚的竟是流線型德國名廠轎跑。幾秒鐘後，二表哥已將客貨車駛走，我發動轎跑尾隨，驚覺它馬力強大，腳踏曾經改裝。短短幾百米路程，消耗無關痛癢的一分鐘，期間我預感事情辦妥後將老死不相往來，迅即命中以下片段——廉租屋內銀光映射的早晨，唇齒間殘留粥香，大表哥在摺枱旁寫作業，二表哥舞弄變形玩具，我搓揉波子糖的包裝紙。

麻雀仔

馬己仙峽的叢林被護養過百年，黑鳶據此為窠巢，為全球黑鳶密度最高的地方。上海人叫牠們老鷹，其他地方用鵪鷹、雞屎鷹等稱呼，本地則採用麻鷹。天剛亮，麻鷹振翅起飛，乘着氣流飛到離島、九龍、新界，甚至南中國的海岸覓食。牠們飛得比建築物高，無視人類劃定的疆界，可竟日往返幾百公里，向晚聚集於港島北上空。葉靈鳳說麻鷹之間的友誼「實在不很好」，但孤身一人在半山觀鷹，心頭不免一怯：這三、四百隻麻鷹要是突然戮力同心，朝着我俯衝追擊，利爪能瞬間把我撕碎。回到現實，麻鷹盤飛夠了，按輩份停降優越位置過夜。也就是說，年輕的麻鷹睡覺時可能要忍受涼風和光污染。

麻鷹麻鷹……把「鷹」換成「雀」，麻雀的飛行高度只有十數米，速度與距離有限，平地、山腳才有牠們的蹤影。每朝打工仔趕巴士，車未入站，麻雀爭取機會在馬路上撿拾。牠們記憶力不好，或是謹慎，輪流啄起煙蒂、紙巾和無法辨認的小物，試一、兩口才罷休。亂拋垃圾、餵飼雀鳥要罰千五，所以路面再沒有甚麼可吃，麻雀往垃圾站、食肆後巷覓食。要是清潔工不小心弄穿脆弱的膠袋，漏出隔夜再隔夜的廚餘，那便是雀間美食，比誤嘗曬乾的嘔吐物好得多。廚餘裏甚麼都有，果皮、飯粒、魚骨、肉末、湯渣……就是沒有蟲子和果實。從前春夏食蟲，秋冬吃果，如今甚麼都要吃。公園愈來愈少又愈來愈小，食得肥壯的麻雀可能住在香港公園、動植物公園裏。牠們鑽進觀鳥園吃熱帶雨林鳥類的飼料，或降落盾臂龜、陸龜的住處，盡情吃已剁碎的蔬果。飼養員對「會飛的老鼠」束手無策，幸而動物沒有控訴。

麻雀飛進室內斷沒有好結果——我自小深信。誤入停車場、商場的麻雀要是找不到出口，第二天必死無疑。不探究是餓死、凍死抑或嚇死，在管理員眼中是死後被輾平，或在無法觸及的結構高處腐朽。我自小深信——直至我在離島度假區的超市判斷有些麻雀並非誤入，而是擅闖。超市門旁是麵包部，貨品以透明膠袋包裹，或放在櫃裏；水果部的粒狀貨品，如藍莓，一定要有盒，西瓜、蘋果、菠蘿、香蕉等方可安心不顧。再裏面的貨品，不是有凍氣防護，就是預先包裝，任麻雀本領再高也無法竊取半點。然而牠們還是經常巡視超市，再準確地飛返休憩廣場。度假區超市的態度比較寬容；顧客一半是外國人，一半是遊客，均非久居，懶得計較衛生。要是事發在市區屋苑超市，兼職理貨員該被經理指派去捕雀。度假區麻雀自出自入的本領，極可能從甜頭中練成，譬如水果部店員整理葡萄時手腳慢了，或頑童故意打開麵包櫃的隔板。

遊客拎着食物在休憩廣場、海邊的桌椅歇息，喙部下黑羽較大塊的麻雀首領，連同部屬上前圍攻討食，進取得幾乎躍上鞋面。時有婦孺為求脱身，撒一把麵包碎再轉身跑走。廣場外的海灣是麻雀的雷池，一隊岩鷺貼着波光飛行，年輕麻鷹在岩鷺正上方凝空窺伺。岩鷺和麻鷹都吃魚，但廣場的麻雀吃餅乾、冬甩、長棍麵包的碎屑。雨後地面有半吋積水，麻雀在水窪裏嬉戲，終其一生靠超市員工的失誤，和遊人自願或不自願的慷慨而活，行徑難言瀟灑。

偏安度假區的小霸王日間在廣場討食，夜裏還是回到樹林。機場二號客運大樓美食廣場的麻雀則是回不了頭。牠們站在店鋪、橫樑上覬覦食客的盤中餐。只要是牠們能吃的，無論是不慎掉落地上，抑或食客離座而剩在枱面的，牠們都搶在清潔大嬸到達前啣走。放軟手腳的清潔大嬸年過半百，跟偶遇的相識訴苦：「幾十歲人囉，有地方請就做啦。」怨懟也許來自處境：天天到機場上班（與空中服務員擦肩而過），餘生再難離開這城幾天。就這樣，麻雀吞下沾染糖漿的鬆餅、帶點沙律醬有漢堡扒味的麵包、炸得太脆而硬化的薯條，甚至是伴碟的芽菜。我大口吃麵，麻雀在我頭頂幾呎的窗框鳴叫。牠羽毛蓬鬆，健康欠佳，但身軀肥胖。及後不肯定是不是牠，一隻麻雀降落地上巡邏，右腳黏住黑色布質牛皮封箱膠紙。之前牠應該到過機場卸貨區或地盤，輾轉來到冷氣長開的客運大樓。牠們認命了，外間的氣象與牠們無涉，有捨有得，扮演美食廣場的兀鷹。牠們的長輩一程接一程，跌跌撞撞遷來人工島，還好有高爾夫球場藏身。二零一五年球場關閉，附近只有沙塵滾滾的停車場、碼頭和地盤。闖入客運大樓，對麻雀來說連賭博也不是。

美食廣場的兀鷹始終是麻雀仔。父親習慣以「仔」字喻麻雀體形、壽命、能耐皆遜於其他雀鳥。日本諺語「雀の涙」（麻雀的眼淚）指極微小的金額，譬如清潔大嬸收取的最低工資。某個大晴天清早，我在鐵道橋下發現一隻麻雀仔掉在地上。牠窩在乾草球內，羽毛、皮肉和內臟化得徹徹底底，遺留玲瓏精緻的骨架。有拾起鳥巢研究的衝動，直至我猜想牠的死因。強風吹甩下一站樓盤的防塵網，似貴婦的綠色絲巾、刺客的斗篷，有種倨傲和殺意。是這持續怪風把麻雀仔無槨的棺吹到行人道，葬禮的最終程序是與枯葉一同被關節僵硬的清道夫掃走。

另一次觀鷹是在堅尼地城海旁盡頭，從屠房舊址望向日暮的青洲，數十麻鷹在其上空畫圓。腳邊的麻雀仔趁彩霞未熄，試在花槽裏尋找食物。青洲北面的昂船洲從前多蛇，麻鷹常有收穫。昂船洲接陸後新建貨櫃碼頭、污水處理廠等，麻鷹巡弋之姿益見敷衍。夜再靠近一點，麻鷹陸續飛回六公里外的馬己仙峽。誰打這山峽的主意，令成千上百的麻鷹失去棲息地必被指責。麻雀仔呢，不能由鯉魚門燈塔飛到筲箕灣避風塘，也無力從中環摩天輪飛到海港城。石崗的麻雀仔過不了大帽山；坪洲、長洲、南丫島的麻雀仔沒有地質觀念。一方麻雀仔，似懂非懂、半懂不懂便節節敗退，不做或做不成飛賊、室內的兀鷹，便蜷縮在巢裏以嗉囊的儲存對抗夜夜怪風。

補記：〈麻雀仔〉定稿後半個月，「全港麻雀普查二零一八」的結果公佈：估計本地有廿五萬隻麻雀，比去年少五萬多隻。

豆先生

夜深無人，兩下鐘聲和兩串狗吠後，光束射在磚石路上。光圈陡地擴大，從天掉落一個穿西服的男人，詩班同時詠唱拉丁文歌詞：ecce homo qui est faba, ecce homo qui est faba.

這是英國電視喜劇《戇豆先生》的開場畫面。

九七、九八年間，星期日晚十點半，《戇豆先生》在亞洲電視本港台頻道播放。外婆架起粗邊膠框眼鏡——球面鏡片很厚，放大她孩童般專注的目光。她咧着嘴，露出銀色的假牙，期待Rowan Atkinson飾演的怪人四出搞鬼搗蛋，時而引吭批評：「哎吔你睇佢幾鬼衰格」，時而笑得全身抖動。樂聲牌背投電視機的功能平平，畫面和音質皆乏善可陳（也由於頻道影像本身差勁），但外婆還是看得入神。

七年後的第三季《戇豆先生》動畫，第十八集（總第五十二集）由Robin Driscoll編劇，題為Double Trouble，講述帶着泰迪熊玩偶的戇豆先生（即「傳統」那位），巧遇手持企鵝玩偶的另一位戇豆先生。兩人一見如故，「泰迪熊」帶「企鵝」回家與女友Irma Gobb見面，中間情節不細表，末了「企鵝」帶Irma Gobb上太空船，裏面有更多倒模複製的戇豆先生——依此類推，一直在地球生活的戇豆先生可能是外星人。從後追上的「泰迪熊」戇豆先生也登上太空船，樂意與手拿綿羊、河馬、長頸鹿、熊貓、犀牛、猩猩、老虎、斑馬……玩偶的同伴繼續宇宙之旅。最終是「企鵝」做決定，將「泰迪熊」丟回地球還給被抹除記憶的Irma，而戇豆先生俯伏墮地的場面，與電視版的經典片頭呼應。

戇豆先生可能是外星人啊——若當初得知這個設定，我會試着告訴外婆：先揚手喚起注意，再在她的「好耳」旁邊大聲講三次，她才可能聽到其中一次的一半信息。實際上當晚外婆問，節目名稱第一個字筆畫很多，該怎麼唸。我重複幾次，她還是微張嘴巴：「嗄？」折衷而得的婆孫默契，畫面中的傢伙叫豆先生。

* * *

玄關的橫樑上，方形金邊白底黑字秒跳式掛鐘兼負多重任務，包括為我的高考大關倒數，又在每日寅時（凌晨三點至五點）——人體血氣運行到肺經——計算我外婆頭痛、胸悶、氣促的頻率。她血壓高，藥後間或失眠，卻不曉得是失眠放大了副作用的竄擾，抑或副作用令人徹夜難安。隔着木門，我聽到她踩着硬膠拖鞋，滑行到客廳跌坐在彈簧鬆弛、海綿老化的舊沙發上。她該是靜候血氣回順，睡意再臨，遂摸黑守候。總之風雨不改，準時六點正她就更衣出門飲早茶，那片天於深冬時猶像無邊苦海，紫紺得一顆星都沒有。

外婆久咳不癒，歸咎於降血壓藥，憤然將藥丸塞進電冰箱蔬菜格。藥袋貼有處方日期，原來冰鎮了一年半載的白色藥丸，色澤會灰黃暗啞，解體成小粒、粉末，聚集於藥袋一角如骨灰。母親力勸外婆依時、依量服藥，別枉費她陪診的心機。外婆偶爾不聽話，皆因藥後經常獨對漫漫長夜，我卻巴望長夜漫漫。一夜接一夜，我在吱吱作響的日光燈下翻閱課本和精讀，以斑馬牌走珠筆，寫滿線條分明的六十克單行紙。紙上的知識，用來應付考試，圖個分數，好決定將來走向。外婆的咳喘和床板受壓的聲音，寂靜中恍然具敲鑼打鼓的意味。

多數為乾咳，咳得外婆氣管抽搐，久久回不過氣來。咳喘力度過猛便傷及喉頭，痰涎帶血，她卻不在意，日間我見她抽兩格衛生紙擦擦嘴角便算。老人家習慣用枕頭布，那條灰舊、起毛粒的洗臉巾吸飽藥膏藥酒和頭油的氣味，還有痕跡不彰的涎沫和血絲。

據説側躺比平躺少咳一點，半躺半坐更佳，但外婆更難入眠。肺容量和氣管的粗幼，都依稀被咳嗽勾勒出來，且到了極致，會飄散陣陣白花油香氣——外婆把藥油狠狠滴在舌面，吞服，説奏效。這事後來被姨姨知道，好言勸阻，外婆則理直氣壯：「吁——總好過咳死。」的確，每每咳至臟腑兜亂的程度，她便捶胸，聽得出不留情、義無反顧地敲打胸口，直像要擊碎胸骨，以痛鎮痛。不過擊打毫無成效，只是發脾氣。

外婆年輕時脾氣兇猛不亞於男子，中年後才稍稍收斂。街市燒肉秤斤現切，欺客的師傅偷偷將一半的肉換成骨，外婆回家後發現，大怒，往問罪途中，逢街坊就講燒味檔的壞話十分鐘，直至返回街市終極控訴。檔主願意賠償，外婆怒氣不減反增，將整包燒肉（連豬骨）丟過去，頭也不回離開，此生不再光顧那家燒味檔。她的剛烈，多少是戰亂後遺。

外婆的廚房常有大蟑螂出沒，牠們的觸鬚像呂布頭上的雉尾翎子，上下擺動。煮飯的時候（僅限此時），外婆睃到這嘔心的蟲子，用拇指、食指和中指指頭準確捏住牠的頸背，箝制住翅膀，手臂往窗邊一振，害蟲飛墮屋苑平台。事後，她在弱水長開的水喉下隨意沖洗那三個指頭，不用勞工梘。

把大蟑螂扔出街後，外婆兩三下手勢就煮起既能佐飯、又能解渴的鹹蛋瘦肉菜心湯。瘦肉切片，用小量糖和生抽醃半小時；菜心洗淨，只摘掉枯黃爛葉。用煲盛水煮開，放薑，下菜心，隔一會兒放瘦肉，鹹蛋直接打入煲內，一分鐘後加蓋熄火。在摺枱另一邊，她從食談到戰亂，包括淪陷時期的灣仔大轟炸：「好慘呀，死好多人。」外婆把豬肉讓給我，多喝幾口薑味略重的混濁湯水。肉片僅僅熟透，嫩粉紅色，紋理清晰得驚心動魄。外婆續說：「舊陣時無啖好食，有碗飯食都不知幾滋味。」又說打仗期間傷亡枕藉、遍地餓殍，析骸以爨、烹煮棄嬰和幼兒的傳聞不脛而走，我旋即珍惜桌上的飯菜，甚麼大蟑螂果真微不足道。

大轟炸當日外婆不在灣仔，兩個母親的經歷敍述得更切身：走難時跟生母失散，為免做苦海孤雛，就認個丟失女兒、灰頭土臉的女人做娘。常言香港是彈丸之地，但除了住址和工作地方，就沒有可靠的聯繫方法。重光後百業蕭條，有錢登報尋人，對方也未必有錢買報——更何況目不識丁。幸而陰差陽錯，外婆在街上偶遇親戚，方知生母健在，未幾母女團圓，換回舊時姓名。

曾以為湯裏的薑片能緩解外婆咳嗽之苦，然而她害的根本不是寒咳，也不是百合、雪梨能治的燥咳。

* * *

我又曾以為，「豆先生」是外婆每周生活循環之始，或末。

外公在療養院，僅可流質飲食，外婆盡量每日下午帶湯或橙汁去探望。即使以每次半湯匙或更少的份量送進嘴裏，外公還是嗆咳。有時母親無奈，不想外婆堅持餵橙汁：外公口腔潰爛，牙肉敗壞滲血，幾滴橙汁也與粗鹽無異。

尋常日子的午前，外婆乘着飯氣在籐椅上抱膝打盹，或在客廳另一邊的長椅上打呼嚕。呼吸尚算平緩，鬆弛的喉嚨軟組織稍微震動，通過鼻咽的淤塞，磨人的聲響卻教人安心。這天不跑馬，舅父舅母和姨姨姨丈也不打算回家相聚。

亞洲電視本港台於六點正播晚間新聞，電視機就由那時候開着直至關燈就寢。要是《今日睇真D》夠吸引，外婆也是八點半入房睡覺。外婆耳背，看電視純粹接收畫面——錄影節目尚未流行加配字幕，她在寧靜裏揣摩外面發生的事情。助聽器不論平貴都被她放進衣櫃抽屜，偶爾翻出來掛在耳邊虛應故事。

第一次收看「豆先生」是偶然。睡至半途，外婆氣喘、心悸，便推開棉被步出客廳，開電視機。我扮斟水出去張望，四目交投，就拉張椅子坐下。十點半，節目預告畫面為《戇豆先生》。外婆問：「第一個字好多筆畫，點讀？」

在校我看過多集《戇豆先生》，那是英語老師多臣先生的教材。故我知道，此劇破除語言隔閡，只要文化落差不嚴重，觀賞年齡也不成問題。每集僅得幾句無甚作用的對白，外婆輕鬆得不用讀唇。十數秒施放一次的罐頭笑聲，她毫不知覺，是無勝於聊。我佯裝收看，實則偷瞥外婆看電視的神態。節目播完，我們返回各自的房間，關門，我繼續溫習，外婆祈求睡意濃厚。

收看「豆先生」的默契就這樣建立起來。外婆的時間觀薄弱，經常搞亂星期六和星期天。我會適時提醒，是明晚或今晚十點半，她點首連連。

＊　＊　＊

外婆深信外公的老人痴呆症（今叫認知障礙症，當中約七成為阿茲海默症）有藥物根治，之後他會恢復記憶，能再說話和活動。婚後，外婆慣稱外公為「老竇」，病榻前一聲聲「老竇」粗糙走調，卻往往令半昏迷的外公眼睛半張。抱持康復的盼望，外婆守護幾百呎、兩房兩廳的單位，盡力吃飯睡覺、對抗疾病。所以，「老竇」的房間不過暫借給我充當自習室。

考罷文學科卷三，我立即收拾物品搬回家去，終日吃喝玩樂，缺錢就去快餐店兼職，夜晚十一點前絕不回家。外婆回復獨居，但我懂得她的節奏：挨晚按亮一盞暗黃的燈，吃點東西，看電視，八點左右嘗試睡覺。三不五時醒來，咳，咳得淚水直流，軟顎發疼，坐起身喘氣。喘不順，就捶胸，吞白花油。然後推開被枕，竄進客廳的沙發嘆氣，守候倦意，果或不果，天將明。天明，吃過早茶抓住疲勞小睡片刻，然後挑個鮮橙榨汁去探外公。

有沒有吞服藥丸，不知。

星期日晚十點半，客廳有亮燈嗎？電視機有開着嗎？音量多少？熒幕四呎以外，外婆有坐好，並架上眼鏡嗎？

* * *

外婆離世後，許多、太多事物能觸起婆孫倆好時辰的片段。如草食生物，我反覆咀嚼同住期間的大小事情，吞嚥後反芻，再咀嚼。不同的是，回憶並沒有順着瘤胃、蜂巢胃、重瓣胃和皺胃的次序進入下一個消化器官，竟不畏糜爛返回口腔。查證就是胃裏的微生物，令回憶多次發酵，食糜也許有上次嘗不到的味道。但凡與外婆有關，在場而具體的，我便極盡纖細準確之能事；久遠的、屬概念的，便鑽探追溯以免遺漏任何線索。

——令外婆久咳不癒的降血壓藥，藥名以「普利」(pril) 結尾，是血管收縮素轉換酵素抑制劑（ACEI）的一種。華人女性服用後多半會咳嗽，嚴重者會咳斷肋骨或導致頸動脈剝離；其餘副作用是眩暈、味覺遲鈍、出皮疹和睡眠障礙。醫生處方這類降血壓藥，多半考慮到病患有糖尿病。三分之二的高血壓病人需要合併藥物來控制血壓。到底，藏在冰箱蔬菜格的藥丸，會有鈣管道阻斷劑或是利尿劑嗎？令人失眠的心悸是藥物副作用，抑或心血管疾病本身的徵狀？

——蟑螂，學名蜚蠊，是雜食昆蟲，約有四千種，當中數十種入侵家居，如美洲蟑螂（體長三十五至四十三毫米）、澳洲蟑螂（體長二十二至三十五毫米）和德國蟑螂（體長十二至十四毫米）。蟑螂進食時會吐出嗉囊裏部分食物，也會邊吃邊排糞，故能傳播多種疾病的病原體。蟑螂的腳分泌油脂，靠毛細現象在光滑表面爬行，美洲蟑螂的觸角為體長的一點五倍，最高爬行速度為每小時五點四公里。

——灣仔大轟炸發生於一九四五年一月二十一日下午近四點鐘，三百多架盟軍戰機，以B-29超級堡壘轟炸機為主力，飛越維多利亞港轟炸港島金鐘的海軍基地和船塢。戰機於三千米上空飛行，日軍的地面火力鞭長莫及，無法抵擋四十多枚空投的炸彈。詎料炸彈誤投灣仔核心地帶，由海旁一直往後數，東住吉通（告士打道）、八幡通（軒尼詩道）和八幡道廣場（修頓球場）一帶，日軍的娛樂場所連同三、四層高的民居，五百多幢建築物一瞬間爛得像墮地的豆腐。這次轟炸令一千人喪命，約三千人受傷。此外，盟軍戰機於一九四四年十月轟炸紅磡船塢，波及學校和民房，有三百人死、三百人傷；一九四五年四月，兩度轟炸銅鑼灣，第二次更以聖保祿醫院為目標。

* * *

不能自拔的查證癖，點點滴滴建立起我一個人的「外婆學」。固然考究至極，靈魂也不能穿越時空重複體驗。然而憑藉多樣的理解，修改觀察路線尚算游刃有餘。事情或許不是逢星期日晚，我擱下要讀的書，陪外婆觀看輕鬆易懂的《戇豆先生》。是她創造一次暫停，讓她本人，順便招攬我一起迴避可見、可知而不可見甚至無法感知的變化。劇中笑料是旁枝，罐頭的洋人笑聲屬末節，抖擻才是真實——自願不自願，各自步向難關前，於vale homo qui est faba響起前，痴愚憨直。

青山下的白

青山是屯門的舊稱，現在專指杯渡山。好些屯門尤其是青山附近的地方，以「青」字開首命名（青衣也有此情況），按常理推敲不難命中青雲（路）、青福（里）、青賢（街）、青湖（坊）和青海（圍）等等。居於屯門，青山總掛在眼皮，它的山形、山色我已見慣，因而帶「青」的街道予人蘢葱綠意，乃無懼四時遞嬗依然植被處處的強韌生命力。

然而在青麟路躑躅，綠意摻雜着一點白，如斑，似紋，或隱或見。除了屋苑和鄉村，青麟路兩旁還有安老院、道觀、長期護理院、醫院、護士學校、醫生宿舍和骨灰龕場，這些設施和機構依稀將人所忌諱的老、病和死串連，具體化。

外公的骨灰安放於青麟路分支上最大的骨灰龕場。龕場的前後，或為左右，是兩所醫院，中間還夾着一所長期護理院。護理院的外牆是淺灰抑或茶白，圍欄是紺青抑或黛藍，年月既久途人已無法分清。圍欄裏一排森嚴的九重葛遮擋視線，途人難以窺探虛實。記得護理院落成之初，樹木幼小，午後我步行往建生邨，隔着青麟路望到院裏二、三樓的房間悉數敞開窗戶，天花的吊扇旋轉砍劈殘影，明暗頓生節奏。

清明節前夕，大伙兒前往骨灰龕場拜祭外公。其中一年，我奉命將衣包、紙紮品捧到化寶爐化掉。爐內別具意義的火焰令人難受：高溫令雙眼乾澀，淚水湧溢，眼瞼再頑強也只能半張。祭品在模糊視野內燃起，我執着沉重的鐵杆，將它們推進熊熊的中心。長輩提示，要確保衣包等物燒個淨盡，否則傳送到另一個世界便可能殘缺、不夠數。為求大家心安理得，我便忍耐一下：眉毛快要着火，頭頂似有烙鐵，通體一層閃亮、帶焦味的汗。完成任務後，腦裏一個頑固的念頭：來一罐甜膩的冷飲。

甜膩的冷飲在護理院外的路邊攤。小販洞悉孝子賢孫的需要，自信滿滿，無需叫賣，調撥精力抵抗酷熱天氣。她的法寶是海鮮檔用來盛魚的巨型白色塑料箱，上面用箱頭筆標明「每罐十元」，是願者上釣。護理院的院友也被吸引過去——作為屏障的九重葛被修剪得低矮疏落，他在圍欄的空隙伸出手臂完成買賣。此時別談甚麼理性消費，乾燥欲裂的口腔和喉頭急欲被冷飲征服，麻痺是立即見效的存在感。我買罐汽水，第一口入喉的冰涼是抓住頸皮的大手，將我從沸湯裏撈起、摔落人間。

打個散發甜香的嗝，你已佇立在旁。

你是廿多年前從建生邨往回走的我。你剛剛升中，卻未辦妥輕鐵學生季票，只好認命。你失去小學時期所有朋友而倍感寂寞，於是把打乒乓球認識的少年當朋友，並聽信他們的意見，到落成不久的建生邨踩場。事實上你只和他們玩過一次，之後你獨自去建生邨虛耗光陰。註定一無所得的行程，你望着青松觀和屯門醫院往回走。鐘鼓、木魚之聲在道觀上空形成透明大球，與大興邨興平樓、興耀樓的方角相映而不趣。你想起道觀裏的水池，曾向父親討一角錢「掟龜」祈福只為了買新玩具。醫院洗衣房的煙囱冒出濃濃白煙，你以為那是炊煙，以為廚房裏有酥炸雞排、番茄洋葱炒蛋、燜牛筋腩。你以有限知識理解經過的疾病和死亡，自以為正確，其實連皮毛都揩不到。

你用眼神示意留心那位喝汽水的院友，我猜想護理院出於健康考慮，不設汽水自動販賣機。不容置喙的安排——你改而笑笑：那麼一年裏只有十數個日子可以伸手出外買冷飲囉。

輕佻反映你未懂自在和健康的可貴，十歲出頭，最大經歷不過是摔破頭入急症室縫針——連麻醉針都不必打，醫生縫幾針就解決了。即使發燒至四十度也不會手腳乏力，睡一覺又繼續到處闖。你外公、外婆行走自如，清早捉你去藍地的嘉爵酒樓或麒麟圍的和生飯店飲早茶，無懼豬油的飽和脂肪酸和膽固醇，燒賣、炸雲吞、鴨腳札、金錢肚、排骨飯……全部照吃如儀。你以為他們有嘮叨幾十年的能耐，而一年有兩個學期實在綿長得很。

於你而言，建生邨是少年的無奈——中空沒有重量的無奈。不知生誰的氣，你連根帶泥踢起醫院外圍、行人路旁的含羞草，罔顧它受傷的下場。你看不到，看不到小販擺檔的日子以外，骨灰龕場是座小小空城，空得清潔工掃地的聲音清晰通天。那天我心灰意冷又不敢對活人申訴，便長途跋涉——在某些屯門人的情感裏，屯門公路是漫長如隔世的——逃到外公靈前靜思、低泣，一言不發，但好像把所有都描述一遍。在暗香繚繞的龕堂裏，光是多餘的，人像暫時隱身，可以哭得毫無儀態，肯定沒有誰來打擾。在倒數的勢頭裏凝止片刻，被白所切割開來的特殊空間。那些用壽字石板封住的龕位終有一天會存放一個年代、一個家族的過去，過去許多的悲喜對錯都有了容器，擺放在遠離日常之處。

相對於你，我老了，出席過葬禮，也進過手術室。罵你別以為失去一班朋友的愁苦稱得上是愁苦，至少，他們不過在別的學校讀書、交朋結友。被痛斥後你想反擊，遂提出一個設想：以骨灰龕場為核心畫個半徑五百公尺的圓，圈住了好些人生命的最後和最後：第一個最後是餘生，第二個最後是遺留。這等如說青山山麓一隅是醫療、安老和殯葬的專屬，建築物之間相距數分鐘腳程，是具體的緊密，也恍然是過程的銜接。是病，是老，或因病而老，因老而病，或都不是，觸目是許多白的意象，藥丸、床單、燒香、制服、粥飯、斑馬線、菊花、蠟燭、救護車、棉花紗布等等，滿目心驚膽顫。

仰頭把汽水喝盡，下一秒你就消失無蹤。我省掉搧你耳光的力氣：你想像出來的結界也框住外公、外婆的住處，還有你剛剛讀完的小學。你做人粗心大意，所以升中試失手要讀另一間中學。你將來才見識破地獄的火盆、火葬場的小窗口、化寶爐的滾燙，這些烈焰展開、通往一個未知的世界，從狹窄走向一片茫茫。人生不好理解的變幻，變幻得更加不好理解，而白色的冷峻能降溫，養心安神，以便思考世事的繁瑣零碎。

轉身返回龕堂，扭開路邊的水龍頭掬水洗臉。長輩猶在細聲討論外婆的情況，關於療養院的飲食和紓緩治療。他們和她們的髮都枯乾、稀疏、灰白，體力不繼要憑欄或小坐，稍後依舊去和生飯店歇歇。年輕的同輩見到我就雀躍：「表哥你去一去這麼久。」聽者有意，這「去一去」像說去了很遠……遠在人間以外逡巡。班次疏落的輕鐵響號叮叮，想像成港島的電車也不錯，不太好的是有些病令人認真地跟過去的自己爭辯。

背後護理院的九重葛很粗生，不多久又成嫩綠的屏障，然後終年花開燦爛。要注意：淡紫、紫紅、桃紅、淺粉是它的花苞，毫不顯眼的聚生小花是黃綠色、黃色或白色的。這排九重葛面對的小路，名字頗有意思：青新徑。

鱟、鱟地和鱟地坊

鱟又被稱為馬蹄蟹，其實是海洋的蠍子、蜘蛛，尾劍以螯、鞭的方式攻擊敵人。本地的鱟是圓尾鱟和中華鱟，牠們與兩處地名有關：東涌的鱟殼灣、荃灣的鱟地坊。成年的鱟在西貢、南丫島、大嶼山、大埔等地的淺海出沒，《香港方物志》記五十年代，有鱟沿鵝頸澗（當時未封頂）爬到跑馬地，「給人拎起尾巴捉住了」，估計當時鱟的活動範圍甚廣。鱟有返回成長地產卵的特性，后海灣下白泥及大嶼山沿岸的紅樹林（包括鱟殼灣、水口）都是幼鱟的基地。我第一次看到鱟，是在梅窩賣海鮮的路邊攤。離水的中華鱟一動不動，被途人指指點點，孩童厭棄牠是怪物，大人批評牠們沒有幾兩肉。

鱟殼灣命名的緣由直接、無容置疑，鱟地坊才令人在意。近年我不時問阿媽荃灣的舊事，她不願多談，似乎不滿繼而阻止我入侵她的年代記憶。鱟地坊有六年前重建的小販市場，它戴上方方正正的帽子——這新建的堅固上蓋猶如恩寵的「加冕」。我記得舊時小販市場緊密相連的攤檔，合力撐起雜亂無章的鐵片、帆布和防風膠板，電線在這層皮的上下游走、連繫。風雨稍大，水從天花的罅隙滲漏，打濕檔主的貨物和顧客的衣衫。以前的上蓋是中年漢稀疏的髮，勉強架起門面，卻足夠吸引青衣島的居民過橋光顧。佔地約半個足球場的市集，一度有數十位車衣技工藏身，他們許是六、七十年代荃灣這「小曼徹斯特」工業區製衣廠的員工。掛起「改衣敹骨」的手寫牌，該攤檔便為客人的衣服做手術；其他衣車縫製的是窗簾、門簾、圍裙、袖套甚至揹帶，雖然術業有專攻，但只要應付得來，聽聞檔主都肯接訂單。攤檔分別售賣童裝、襪子、內衣褲等等，價錢相宜，又可貨比三家。

鱟地坊撥作乾貨市集前是怎樣的呢？一甲子前的荃灣舊聞，阿媽推說不知道、無印象，反問我查詢的用意。既碰壁，便去查找地政總署測繪處的航空照片，最早的為一九二四年。那一年，皇家海軍上尉Gerald Edward Livock督導航空母艦HMS Pegasus的水上飛機於香港上空作全景拍攝，從荃灣的高空照片可見：由大帽山流下來的水，經曹公潭、柴灣角入海的是大涌，流經老圍、二碑濬、西樓角入海的是大河瀝（叫法參考一九六三年一月《香港年鑑》的荃灣街道詳圖），另有支流在關門口附近匯集為第三道河。按照地形可推斷河背、鹹田、海壩、關門口的位置，即辨認哪些隴畝在河畔，哪裏經常嗅到海水味，哪裏要防備海水倒灌，哪裏有海關（另一說法為基圍作業）。大河瀝帶着沙泥入海形成沙咀，是海岸生物喜歡的軟地質潮間帶，今日的黌地坊大約在那片淺灘上。

繼而以荃灣的舊照片為輔。先辨認福來邨，此舉等如檢測拍攝時間在一九六七年前或後。如果有楊屋道運動場而無福來邨，照片便攝於一九六一年至六六年，再靠滿樂大廈來確定一九六四年。如果不見楊屋道運動場，就尋找石碧新邨、荃灣消防局，一直往上追溯直至照片中青山道以南全是農地和沙灘，那是一九五九年前。一幀記錄荃灣填海工程正圍邊的照片裏，大河道還是條河，河口有蒲葵似的灘頭，那裏有黌地坊的前身。

然而地圖和照片無法證實該淺灘聚集幼黌，可能由始至終僅得蜆蛤、招潮蟹和彈塗魚？於是旁敲側擊，繞圈子向阿媽打聽阿公、阿婆眼中的黌地坊，哪怕是一鱗半爪，她淡然拉開話題，說大河道上有兩層高的椰林閣酒樓（我還以為是黃金閣、嘉年）。我的大河道地標是一九七八年開業、新界的第一間麥當勞快餐店。約莫三歲光景，於快餐店二樓雅座初嘗蕉番茄醬吃的炸薯條，再用油膩、黏附鹽粒的手拖住阿爸返回街市街。阿爸帶我右轉入川龍街，停在與海壩街相接的街角，那個舖位是星星玩具。

灘頭的甖蹤成謎，不如將地名拆散推敲。坊，指城鎮內的小空地，荃灣尚有大陂坊、三陂坊、曹公坊等。由於不是「地方」，故字詞焊接口為甖地／坊而非甖／地坊。一九三五年三月至一九三六年四月，筆名江山故人的黃佩佳於《華僑日報》不定期撰寫介紹本地風光的專欄，現存三百二十九篇短文前年結集成《新界風土名勝大觀》，內有一篇如此描述甖地：「一名蚌地，在荃灣青山道旁，地為小邱，高約七八丈，形如甖，故名。邱上綠草離離，間有波蘿田，中有道光二十九十二月東莞香港新安五房子孫所立之鄧氏祖墓，聞為廣東五大風水地之一。當科舉時代，鄧氏族人在每三年內必舉一孝廉云。」「荃灣青山道旁」的意思相當模糊，甚至當時三棟屋後、烏石崗上的天后宮勉強也可以說在青山道旁（今日廟崗街的位置）。介紹新界南約村落時，黃佩佳如此描述荃灣墟之西：「村西之柴灣甫有甕地（一名蛙地），為新界著名風水地也。地為小邱，高六十尺，形如蛙，邱之半，有道光二十九年十二月某日香港，東莞新安五房鄧氏子孫同立之祖墓。該村出產，以波蘿為最著，在各斜坡上，皆見有波蘿田⋯⋯」由於鄧氏祖墓的資料完全吻合，鰵地無異於鱟地，位於柴灣角。字眼的出入，或由於三十年代活版印刷的水平飄忽，「黑手黨」（撿字粒工人）植字時可能撿錯鉛字粒，或字粒崩缺，或油墨過多、紙張太薄，把「角」印得像「甫」，「蚌」、「蛙」難分。「鱟」和「鰵」的下半都是魚，而上半或因筆畫繁複而被誤判。鰵是黃唇魚，魚鰾能製成上等花膠，不排除一度在荃灣水域出沒，但鄧氏的風水地外形像魚就撲朔迷離了。親眼見過鱟的人，才知道明代類書《三才圖會》把鱟錯畫成有腳的魚，才知道清代《四庫全書》把鱟帆畫得過大像魚鰭。

風水地如無特別造型，一般會清脆俐落喚作太公地、亞婆地，或冠上姓氏以茲區別如唐公嶺。肖形的話可取名虎地、犬眠地，故貌似鱟的土丘就叫鱟地。有傳沙田圓洲角接陸前像毛茸茸的綠鼈，故別名鼉洲，道理亦然。建於康熙、雍正年間的荃灣天后宮有兩塊石碑，同題為〈重修天后古廟碑記〉，寫於光緒二十六年（一九〇〇）庚子的一塊有言：「蓋以荃灣之有天后宮也，後枕甲山，尖山峰聳，前臨庚水，汲水門朝。左則鰲墩環擁，右則帽嶺高懸，得憑地脈之靈，益見神威之顯。」稱鱟地為「鰲墩」引發兩個聯想：其一，客家人喜叫土丘為墩（讀若躉），當鰲墩成為通名，便知聚居荃灣的客家人為數甚多；其二，鰲乃大海龜，與鼇之別僅為觀察角度不同，抑或與外來身份有關？

鰲墩、鼇地（甚至另有「鼇山」一名）即今日荃景圍車路圈住的山丘，崗上有一涼亭，旁有華表一雙，閘門後有石級通往鄧氏祖墓。墓旁有〈重修鄧氏日旭公墓碑記〉，由二十九傳裔孫鄧寄芳手書。碑文記載清朝宣統年間，有外人擬於鼇地前灘立村，鄧氏族裔反對，獲理民府（政務處前身）居中調停，終得解決。民初有人於鼇地後邊挖泥，同樣由理民府協助鄧氏子弟處理。碑文提及「副布政司卓」容許鄧氏家族向政府買地，「批明餘地，仍不准別人營葬，馬路外海灘，永不給人建屋築宇。即沿海成立商埠時，前面仍作公眾市場，庶無高樓煙突之礙。」除不准別人營葬，其後的承諾於百年間土崩瓦解，結果比被仇敵鑿斷山脈和自然地貌改變更不可逆轉。就鼇地的開發，黃佩佳也有小量描述：「（柴灣角）村之東，鼇地在焉，臨其前者，有和福盛① 及福利兩雜貨居」，此兩家雜貨店便利了村民和附近酒廠的工人。

不諳風水術數的人不知道鼇地屬「半月照潭」格局（鄧氏先人墓地尚有凹頭佛坳嶺的「狐狸過水」、元朗英龍圍的「金鐘覆火」、橫洲丫髻山的「仙人大座」和程坑山的「玉女拜堂」），我卻好奇鼇地地形有多似鼇？一九八九年，法國工程師Michel Peterlin

於接駁荃錦中心和福來邨的行人天橋上往柴灣角拍照，雖為黑白照，仍可窺見半邊礨地相當蓊鬱。另一幀黑白照片，時為木棉下村仍未清拆的七十年代末，礨地鄰旁的染廠直接將污水排進大涌。還有五十年代攝於柴灣角的照片，攝影師腳下為梯田，看不出是否種植菠蘿，高不過兩、三層的民居和工廠隔着農田與礨地。礨的樣子算是頭高尾低，礨地最高點傾向蓮花山，仿若從淺灣登陸。我的礨地印象始於九十年代初、往荃灣方向荃景圍巴士站鄰旁的鐵皮屋。鐵皮屋搭建在礨地之麓，有明顯的居住跡象，一棵獨秀的木瓜樹吸引巴士上層乘客的目光。及至翠豐臺落成，柴灣角乘勢翻新，需擴闊車道提升交通流量，被圍困的礨地又被摁着揑刀，鐵皮屋舊址現為平直的護土牆。

一步接一步，我想起沙咀道迴旋處，以及該片不規則草坪上的白色鐘樓。功能、位置與造型令鐘樓格外神聖：不分晝夜繞着它轉的車流似漩渦，它駐足審視足球場舉行喧囂震天的嘉年華和年宵市場，陪伴大會堂目送荃灣碼頭遠去。被拔起後它不知所終，好事者如我，得待行人天橋網絡接通，方可在鐘樓所在地上空自轉。還有結業後換成濕漉漉的菜檔的星星玩具，它是我和年輕的阿爸培養感情的地方。阿媽之所以認識礨地坊，我是這樣推算出來的：阿媽拉住我略過星星玩具，沿川龍街前行右轉入小販市場買針黹用品。檔口掛着大小不一的紙皮，上有各式金屬撳扣、褲頭扣，鈕扣形形色色，耍眼看像巧克力豆。阿媽買了針線和幾碼闊邊橡筋，便走回兆和街坐小巴返象山邨，幫我重整褲頭的鬆緊。從此，我和阿媽有各自和共同的荃灣記憶，不下數百次即興的核對由我發起：「戴麟趾」對面的國貨公司地下有賣涼果零食吧？東江大飯店的脆皮炸大腸是阿公至愛？由鉅細無遺、無所不談，阿媽日漸冷淡至寡言罕語。

一九八零年左右，理民府斷定戰後麇集於川龍街、眾安街的小販阻塞通道、有礙觀瞻，便劃出黴地坊給他們擺檔。一九六零年的荃灣地圖顯示，眾安街兩旁主要是雜貨舖，與沙咀道交界的十字路口有大光明戲院。眾安街以東是中海壩和下海壩，而下海壩臨海，泊滿船艇。中、下海壩淩亂錯落的茅房、磚屋間，隱藏醬油、麵粉和鋼鐵工場。阿媽曾說今日眾安街巴士站附近曾是「麗的」陳列室，酒酣飯飽的街坊自備凳仔享用免費娛樂，場面熱鬧而壯觀。「麗的」陳列室推銷的是「麗的呼聲」的收音機抑或「麗的映聲」的電視機呢？華都戲院拆卸後蓋起華都中心；錦全幼稚園、德範學校變身為賣手機、電腦配件的荃豐中心商場——這些都不是阿媽告訴我的。阿媽要為她私密、固守的荃灣記憶定型了吧，設張舉措包括抵禦外來新資訊——黴血的白血球也是如此運作，遇上毒素便結成薄膜阻擋入侵。「上海陸金記瓜子大王」對她來説仍為大河道相連地舖，老遠也能看到其白底紅字招牌；阿媽無意獲知荃灣開發前的特產是菠蘿、雞蛋、蒸酒和醬油。

填海而得的街道沒有歷史，既可隨隨便便塞予淺薄的名字，也可用來安撫被迫消失或讓位的鄉村、地方。這種追封的手段，有時提醒大家何謂名實不符，如白田壩街、河背街追思本來鄰近水源的白田壩村和河背村；有時算是有個交代，如芙蓉街、曹公街、圓墩圍對芙蓉山、曹公潭和圓墪山聊表敬意。香車街遙指涌角那五、六間製香寮的水車；横龍街是否下葵涌醉翁灣邊上、以傅姓為主的横龍仔村轉生？香車街與横龍街可算是荃灣地方名存實亡的例子。

鱟地坊起名的淵源似明不明，就當它上世紀初是爬滿幼鱟的濕地，令荃灣墟的過客嘖嘖稱奇。或是補償原則作祟，將風水福地之名移植至一塊空地，給被驅趕得氣喘如牛的小販容身。未來二十年，鱟會否絕跡本地水域，以後更多人不能把牠從鰲、鱉、鱉的尷尬中區別開來？第二次見鱟是在保育機構辦的商場展覽，水缸中有多隻活生生的幼鱟，由擔當保育員的中學生合力守護。他們捧起泛着油亮銀光的海洋蠍子，讓這古生物後裔在勺狀的十指間蠕行。他們和牠們在不知情下，磨掉荃灣一角的鏽蝕表露鐵器啞光。

① 對比其他資料，「和福盛」疑作「和盛」。

後吃

梅雨霏霏持續至周末，卻無阻回老家相聚的約定。大堂的落地玻璃起霧，模糊了裏外。我們忍受着冷氣，手忙腳亂收起撲簌簌滴水的傘子，期間我注意到外面有人影接近，很是眼熟：步履蹣跚，身材矮小臃腫，穿紫藍色開襟冷背心，掛個黑色小斜揹袋，不折不扣是位婆婆。

鞋履濕透難耐，便趕快步入大堂深處等候升降機。走了幾步，我回頭，再走，不禁再回頭，妻問我何以頻頻回顧——玻璃門外被霧氣糊了相貌的婆婆，像煞我外婆。

閃現的印象是麵皮，剛巧打咕嚕的腸胃是菜肉餡，相加、對摺一屈，那顆餃子便叫「後吃」。我悄悄用「後吃」指稱長輩、老人家將新鮮、溫熱、份量充足、先上桌的食物推讓給孩子的做法——他們寧願勒緊肚皮，吃剩菜殘羹。

小時候的我不機靈，留意到外公、外婆「後吃」，但未盡體會他倆的心情。有過幾年，親戚的聚會頻密得每周一次。解決聚會的晚飯不外乎三種方法：下廚、光顧酒樓或買外賣飯盒。下廚的話必定由外公、外婆聯手，四隻手雖然老練勤快，但火力不足的爐頭只得兩個，上菜速度有限。南乳燜齋、白切雞、炒菜先上桌，蒸魚、栗子燜肉排、韭芽（或苦瓜）炒蛋還未落鑊。見狀我不敢起筷，經外婆多番勸說「舀飯食，瀭湯飲」才小貓舔水那樣小口小口、恭敬地吃。眾人力請兩老就座吃飯，但他倆把鑊鏟、竹筷握緊，堅守廚房陣地，將大家趕出去。直待外公捧着調味盅出來（外婆在裏面快手炒蛋），一邊往白切雞慷慨地澆豉油，一邊叫大家先吃，我才放膽多夾些餸菜，但不時煞停兇猛的胃口。最末一道菜半句鐘後上桌，枱面狼藉蕭瑟，盤中剩餘稀疏的菜莖、骨比肉多的雞件。最後一道菜冒起裊裊白煙，遮去外公、外婆從容不迫的表情。

要是親戚到齊，房子再大都不夠用，有人倚着牆吃，有人匆匆吃好讓位。外公、外婆忙着煮雙倍飯菜，有長輩取兩隻乾淨的銻碟，用沒有吮過的筷子尾，夾出一碟樣樣有的集錦，另一隻銻碟覆置其上保溫。這盤錦繡大會當然是留給氣喘咻咻的兩老，即使他們主動分甘同味，也沒有人敢碰。有時兩老嫌我們嘮叨，便吃塊炸豆腐、幾截玉豆，或喝半碗湯卸掉大家的盛意，繼續對着爐頭揮動膀臂。

總之，外公、外婆吃在最後。當時的我認為「後吃」基於條件限制（房子的大小、餐具的數量、爐具的火力），不容全部人同時進餐；假裝忙碌待所有人吃好，方以殿後方式縱覽飯桌全局——掃清不能過夜的菜，不碰能打包帶走或放進冰箱的，是為先輩的威儀氣度。

這種動輒二十人的聚會日漸稀疏，上中學後我經常借故缺席飯局。八年後，為應付高考而背水一戰，我借外婆的地方暫住。婉拒太多，某夜順應外婆之邀一起去快餐店吃飯。她吩咐我隨便點，由她結賬——若然開懷大嚼，一份有牛油方包、羅宋湯、雜排飯、冷飲和雪糕的全餐索價太高，怎可讓退休多年的外婆破費。又難開口說我請，或分單付鈔。情急之下，我學用「後吃」的伎倆：佯裝精神委靡、消化不良，提議平分一碟揚州炒飯。屆時搶先替外婆盛飯、添飯，自己細咀慢嚼。外婆允諾，我以為瞞得過去，再替她點杯熱奶茶，我要細汽水。

計劃未能得逞：揚州炒飯上桌後，外婆吃一小碗（只有數湯匙份量）就喊飽，雙手放於膝上，盯着我、催促我要一顆不剩了結眼前這碟飯。大抵我演技差，外婆洞悉我的意圖，改以「先吃」的方法將食物推讓給我。有過拔足衝出快餐店的念頭，外婆必定為之氣結，卻不得不吃飽才結賬。但在外賣盒、膠袋不需徵費的年代，她肯定把炒飯打包、翌日分幾次吃掉。當晚我不敢戴着耳機溫習，留心聽幾重門牆之外，外婆是否熟睡打鼾，沒有偷偷起床吃過期威化餅。

升降機門打開，思緒裏叫「後吃」的餃子沉到沸水裏，我執意從眼角留意可有人步入大堂。升降機門關上我才問妻，剛才落地玻璃外，是否有婆婆的身影？

她說是。

我心驚又竊喜。

我續問，那位婆婆為甚麼這麼久也未進大堂？

妻的答案很理性，抗衡我不便啟齒的靈異想法：「大眾臉的婆婆躲在簷下避雨。」

然後「餃子」又浮起來。當年第二、第三種解決晚飯的方法是上酒樓和買飯盒。上酒樓由我當先鋒衝去搶佔座位；買飯盒也由我當跑腿。其實我極討厭做外賣專員，滿頭大汗走訪多處買齊粥粉麵飯，回程時雙手挽着十多個飯盒，多次被街坊視為奇景。塑料飯盒擠壓、磨擦之聲刺耳得成為陰影，是我長大後拒絕去外婆家的主因。要是我當時意會到第三種辦法最能使外公、外婆與大家同步用餐，該能放下無謂自尊，遵行不悖。撕掉盒蓋，食物一下子上桌，兩老沒有殿後的理由了（化解酒樓上菜有先有後的藉口），或許他們依然故意吃少一點，卻總算平起平坐，一齊起筷。

年紀漸長，胃口不再兇猛，且時好時差，六、七成飽是最佳狀態。若然那三、四分飢餓，能換來身邊人吃得滋味豐富，這不是數學題，答案是值得的。

這大約是「後吃」最可信、最準確的行動理由。

開胃少年

九十年代初，屯門碼頭提供來往中環的飛翔船服務，平日早上有小販在必經之路擺檔賣三文治、炒麵、粽和粥。皮蛋瘦肉粥五元一碗，除非是冬季最冷的時候，或當日要上體育課，否則我們只幫襯一包炒麵。炒麵按份量定價，最少買兩元，一包四元的炒麵夠撐一個上午。但大胃、黑洞和焚化爐則要買六元炒麵，回校途中我們笑指那包炒麵像煞有餡的嬰兒紙尿片。啃炒麵不准喝水是個差點搞出人命的遊戲，不過大胃、黑洞和焚化爐之所以細咀慢嚼，更確切的原由是吃完就想去打波，打波會很快肚餓。

熬過五、六節課（視乎夏令、冬令）的大胃、黑洞和焚化爐虛得只剩半條命，拼盡僅餘腳骨力衝往食物份量最大、價錢最平的食肆。他們會替量小價貴的食店起個不堪入耳的綽號，發誓有生之年絕不光顧。冬寒夏熱的冬菇亭是他們的首選，雖然快餐來來去去都是粟米肉粒、餐肉煎蛋、咖喱雞……味道差強人意，但白飯夠多已無可厚非。他們有「飲飯」和「照鏡」的神技，能顧名思義，中年伙計再三叮囑：「哥哥仔你哋幫幫忙放支牙籤上隻碟度啦。」不然伙計怕自己誤以為碟子未用過，逕直拿回廚房再用。

女同學對能「飲飯」的大胃、黑洞和焚化爐敬而遠之，家政課後除外。課後她們有連自己都不敢吃的曲奇餅、中式牛柳、番茄炒蛋和蘿蔔糕，個別幾個女同學的廚藝被爭相品評，其餘的都慷慷慨慨請大胃、黑洞和焚化爐幫忙處理。她們只告訴要好的男同學：家政室的刀鏽漬斑斑，廚具事前沒有潔淨。

黑洞不時做漏功課，要趁午休空檔補做，遂無奈買校內的飯盒。不預購飯票的話，須以候補形式光顧，賣剩的是最古怪離奇的款式如混有芽菜的茄汁炆米、雜菜炒飯（含青豆、紅蘿蔔茸和火腿絲），屢屢刷新學生飯盒的可能性。那天黑洞等了十五分鐘才有資格買飯，賣剩的是中式炒意粉，賣相不似乾炒牛河或炒烏冬，其中式內涵來自蠔油、老抽和豆豉！中國歷史課教完洋務運動，黑洞很有洋務派官員的胸襟，他不理味道，吃完一盒，狗着臉去添。供應商向來不設添食，黑洞的胃向大腦發信息，指使膽要壯一下：「阿姐你賣剩都係拎去倒，不如倒入我個肚啦。」大抵前無古人，阿姨又被他的誠懇騙倒，就添了滿滿一盒中式炒意粉給他。黑洞幹掉第二盒炒意粉，還有半小時輕鬆抄功課。

中三時新校長上任，夾不來的教師陸續離職。大家都很喜歡姓李的班主任，班會委員搞了個歡送野餐會，幾乎全班同學出席。李老師依舊穿她招牌的連身長裙，在水不清、沙不幼的舊咖啡灣灘上來回散步，跟我們談理想與人生。負責食物的委員按人頭預備食物，所以有大盤公司三文治、菠蘿腸仔、魚蛋和約四十隻炸雞髀！女同學不碰炸雞髀，李老師屢勸不果，心領神會，便叫男同學「食多啲」。我和焚化爐伸手取第二隻雞髀吃，舌頭對醃料麻木，不再覺得惹味，但衡量班會費和兩隻雞髀的價錢，便恨不得連食道的空間都填滿。那天大部分男同學成了焚化爐，創造一次吃兩隻或以上雞髀的壯舉。

初中年代，大胃、黑洞和焚化爐是共享稱呼：哪天你吃得多、吞得快，你便套用這些稱謂。某日你以黑洞自居，我便謙稱焚化爐。他們叫大胃，我們也是大胃，大胃族佔據冬菇亭的十二人圓桌。校內淘汰試是場災難，同級一半人從此陌路，留下的亦因為文、理之別而疏遠。原校升讀的幾個大胃、黑洞和焚化爐，胃口依然顯赫但學會收斂，不輕易在人前表露。例如我下午茶想吃兩碗雲吞麵，會佯裝幫家人買，回家倒進盛湯的大碗裏吃個痛快。

畢業營暨聖誕聯歡舞會在鯉魚門度假村舉行，舞會散場後約十二點鐘，十來個黑影聚在當風的停車場，對話中有哽咽。多得焚化爐和大胃，吃完的筒裝薯片能用來做燈籠，讓大家有兩、三個不易熄滅的火把。他們說，在港大見吧。她說，考不上便去澳洲。他說，其實傾慕過教初中中史的老師。她問他，和她，保持書信來往，好嗎？各人的聲音在颯颯烈風中走調、飄散，匿名發言卻更隨心所欲，無所不談，並互相叮囑：淚水不要滴進燈籠。蠟燭耗盡前，眾人勉力將夜當成麥芽糖拉絲。

日本人視貘為食夢獸，具異能的貘胃口如何？會不會囫圇中年人眷戀青春期的夢？也許這種夢味寡難嚥，所以我行經蕭條的屯門碼頭、凋零的冬菇亭，翌日醒來還帶着清晰的舊夢。大胃娶得班花為妻，他倆的豪宅，隔着舊咖啡灣與位處海角的母校為鄰。他倆僱用「姐姐」下廚，不知創意能否挑戰飯盒供應商。他倆每年辦一次大食會，聞說有菠蘿腸仔、曲奇餅和炸雞髀，但當了家庭醫生的黑洞很少出席，我亦是稀客，一來經常牙痛，二是在港鐵站偶遇穿連身裙的李老師，在通訊群組裏輕描淡寫交代一下就夠了。

腸胃只能支使年輕時期的四肢，接棒的是心境，而交棒區的頭尾是會考與高考，無論如何謝師宴後不會買有餡紙尿片那麼大包的炒麵，且冒性命之虞狂啖猛噍。

第二輯

（一九九九至二零零三）

千世貴族

至今，我仍無法抹掉孔林大門的影子。

那天的迷濛小雨使石路的凹凸不平更形崎嶇，濕滑狹小的石塊不容停步駐足，我只好躲在至聖林的拱門內小歇。回頭一看，一輛馬車匆匆掠過，彷彿被門外鎮墓的獅子嚇跑。「踢踏踢踏」的馬蹄聲穿過道旁的松樹，在拱門裏反覆迴蕩。此刻，我錯覺這輛盛載孔家歷史的馬車又再開始流浪了，縱然在曲阜的街道上徘徊了好幾個世紀。我始終不喜歡稱孔家為貴族，不想負面形象玷污一種高貴的理想。貴族常常表現為一個由特殊階級組成的集團，跟封建社會連成一體，使人聽到會起疙瘩。這些貴族享受着種種特權，過着不愁吃喝、不憂飽暖、朝歡暮樂的腐敗生活。然而一旦掉進歷史系統、淘汰圭臬之中，時間會挾同朝代，不斷從人民、從歷史把他們篩出去，泯滅在皇朝的墓塚之下。不過，孔氏貴族是規律的「例外」：它能承繼祖先遺落的福蔭，橫跨時空、地域，成為一個堅韌的集團，經年累月、或多或少地影響着中國的文化、政治、經濟——這就是我不想稱他們為貴族的原因。站在曲阜的土地上，不得不用心思索，這個家族的命運，在中國歷史上如何顛簸，如何發生一個又一個令人惋惜的悲劇。

一

腳下的泥濘植着蒼鬱挺拔的古柏、龍幹虯枝的槲樹、老態龍鍾的巨榆、參天入雲的楓樹……整整三萬多棵。杜鵑、百靈、畫眉、斑鳩於繡密的天空來回穿插，不時低鳴啁囀，使這裏的安靜更安靜。二千多年了，仍然是這麼古雅、這麼樸拙，稍大一點的呼吸聲也會戳破蟬翼般的氛圍。現代化的指爪沒有觸及這個樹林，使它保持着老者安然的姿態。我終於感覺到「墓古千年在，林深五月寒」的滋味，理解「斷碑深樹裏，無路可尋看」的蘊涵。腳越來越沉重了，令人疲乏，心思開始紊亂。這個千世貴族的墓林，恍如一部舒展的卷軸，記載着一個家族的興衰：每個墓碑都是卷軸上不能磨滅的墨跡，每棵樹都是歷史再也提不起的筆桿。

孔家的卷軸從二千四百多年前的魯國陬邑，一直延伸到近代歷史。縱使魯國城邑因時光的摧殘坍塌過很多次了，這個貴族還是如此強健，沒有半點風化的痕跡。似乎與這個姓氏拉上關係的，都是上層社會的事，最典型的是一件官服、一個世襲的爵位。不過，陽光只是主幹的專利品，旁枝往往壓得低低的，蝶兒都略過不睬。嫡裔的高枝，很輕易被冠上衍聖公的榮名：漢高祖封孔騰為奉祀君、漢元帝封孔霸為關內侯，都是不勞而獲的事。旁枝再茂盛，也不能搶過風頭，只能曇花一現於文學史、經濟史上：孔伋編《中庸》、孔融遺下《遠送新行客》、孔尚任留下餘音裊裊的《桃花扇》；孔憲仁開設志誠信票號、孔祥熙參與四大家族的傳奇。坎坷地枯死的不計其數：孔繼涑的書法斂藏委屈、孔繼汾死在充軍伊犁的路上……在這個龐大的族系中，分成主次、輕重已是司空見慣的事，更何況這是封建思想的根本問題？

很多人想，孔子的後裔，理應才學出眾，進則改革政治、推行禮樂；退則著書立說，有教無類。就算力有不逮，也該從事文學創作，寫出萬古長存的文章！不過，這實在是苛求，是我們一廂情願的想法！血統是承繼了，但誰能保證子孫能承繼祖先的才識？悲哀就是從過去的緬懷、超現實的期望中來。孔子的子孫也是人，不是仙、不是神，除了姓氏高人一等外，他們跟平民百姓一樣站在同一片土地上，頂着同一片蒼穹。奈何，身體內高貴的血液逼他們走上絕路，使他們周旋於現實和理想之間。理想？我首先想到孔融這位理想家。他從小就聰穎過人、長於言辭，在當時社會享有盛名。年僅十歲，就憑着「孔子問禮於老子」令恃負才名的河南太守李膺大吃一驚，更巧駁陳韙的「小時了了，大未必佳」。孔融的才氣，看來多少是從祖先那兒承繼下來的，似乎是光大門楣的時候了！他既是文學家，也是政治人物，官至北海相，又任少府、大中大夫，看來，儒學有弘揚的根基了。只可惜他把時局理想化了，以為才華就是一切。恃負才氣的性格，尖酸刻薄的文風，毫不留情地嘲諷朝廷，甚麼光大門楣、弘揚儒學，都被胸中一口氣塞着。曹丞相雖然知人善用，卻沒理由留一根芒刺在身邊。不錯，孔融才氣磅礴，見識卓絕，但氣盛於筆，略欠政治智慧，不懂斂藏自己，修飾過分優秀的才能。出類拔萃就反過來成了異類。於是他註定要煢煢立在巔峰上，遭其他人妒忌、排擠、誣陷。世界上滿是同一個規格的人，平凡人以外的都是異類，不理是天才還是白痴。除非超越的程度很大，才能當成例外來存在，否則沒有一天安寧。孔融的悲，究竟是時勢所造，還是性格所致？假如孔融遇到的不是曹操而是唐太宗，他的命運又會怎樣？我們無法想像，因為想像的前設對他還是不利的。

孔融所受的委屈，一千五百多年後又落到孔尚任的身上。血統註定他是主幹的旁枝雜節，不能插入衍聖公的行列去享受種種貴族特權，悠閒地做學問、寫文章。游手好閒、吃喝玩樂跟他緣慳一面，他頭上頂着的是普通不過的帽子。他在文人與孔家後裔的身分之間打滾，游離於兩岸之間，過着「月俸錢支來一朝揮」的生活。祖先的福蔭，只給嫡長去享，他就實實在在的搞文學，堅持着傳奇的奇要大奇、反封建、講民族氣節。也許，孔尚任認為用雙手開拓出來的事業才是最持久的，坐享其成只怕有一朝散盡的危險。豈料康熙就在這時出現，改寫了他的人生！沒有康熙，未必有《桃花扇》，得失好壞難分。命運要他為康熙講書，他講得痛快淋漓，升官進爵，做了國子監博士。原本孔尚任從此可安樂一生，靠近衍聖公一邊了。但他不捉皇帝的心意，堅持耿直不阿就引致悲劇！《桃花扇》強調：「朝廷得失，文人聚散，皆確考時地，全無假借」：侯方域、李香君的離合聚散不單反映南明弘光王朝的階級傾軋、腐敗無能，也似清朝廷的官制流弊。阮大鋮、馬士英無疑是禍國奸臣，卻跟朝中某些大臣有幾分相像。福王的夜夜笙歌、蟊賊的狡詐跋扈、士人的販官鬻爵、武將的不和內訌……為甚麼有太多相似呢？筆下的人物入木三分之餘逼得讀者再三反思。雖然這都是南明的事，但觸痛了清朝統治者的創疤。當《桃花扇》蜚聲藝苑的時候，心虛的人害怕起來，孔尚任的烏紗不保了。他實在無可奈何，只有返回故鄉曲阜隱居，留在石門的書齋內「潛心」創作。《桃花扇》在京城叱咤的回憶、「王公縉紳，莫不借抄」的盛況，都很快冷卻下來。《桃花扇》不單道出歷史轉折的可悲，也隱隱是他一生的感慨——故事是悲劇，生命也是悲劇。李香君與秦淮河，總算永不分離，留下一個艷名；孔尚任卻是一個落泊才子，歿後仍要被乾隆的寶貝女兒于夫人比下去。于夫人好歹有個「鸞音褒德」的牌匾，孔尚任呢？墓前的那株桃樹，還不知是崇拜還是嘲諷。愛這把「扇」的人，是愛桃花的忠，還是桃花的悲呢？忠，是孔子崇敬的品德，當年換來的是悲。這麼多年了，孔氏族人的「心」上，還是得到一個悲哀的結局。貴族，在這位文學家死後就開始偃旗……掐指一算，他是孔子第六十四代孫，時為康熙五十七年。

悲劇並沒有隨時間而止息，倒像一條鏈子互相扣着：孔子第七十二代孫孔憲昌又重蹈長輩的覆轍。雖然十六歲應童試就得了第一名，但二十七歲時參加鄉試，準備光大孔門之際，卻天意弄人，要他遇上孟子的後代孟洋！皇帝的朱筆就在這兩位至聖與亞聖的後代身上徘徊，只要誰用功一點，誰就能脫穎而出。孔憲昌背負孔家的希望，辛勤苦讀。最後因用功過度、體力不支，宏願未酬就病死了。從此，孔家子弟就與科舉絕緣，再沒有一個孔家子弟以肚裏的經綸跨進朝廷的門檻。

二

貴族有頤指氣使的權利，但在統治者面前也得收斂一下，否則主子發怒，腦袋搬家之餘，還恐株連親屬。然而，歷代衍聖公都能例外地與皇帝平起平坐，甚至不分尊卑貴賤。五代時期，衍聖公只是五品官，元代已躍升為三品官了，明初就到了頂點，是一品名譽官。清代的衍聖公進北京紫禁城不用下馬、在皇宮御道上跟皇帝並行，有大量祭田，終生免賦稅、差徭……試問哪一個貴族有這種特權？皇帝到他們的祖廟（孔廟）祭孔也要恭恭敬敬，唯恐褻瀆神靈。歷代君主對孔家的寬大，還可以從孔廟的規模看出來。從時間上來說，宋代以前記載不詳，但宋朝以後，孔廟、孔府差不多年年修繕，不斷的大修小改，甚麼瑕疵也修補得妥貼。差不多一千年的「粉飾」，使孔廟在建築歷史上佔着前列位置。整個孔廟由四百六十六間建築物組成，主要為三殿、一閣、一壇、三祠，總面積達三百二十七畝。前後有九進院落，以長約一公里的南北軸線劃分，左右對稱排列，以門坊、角樓點綴。司馬遷當年遊孔廟，嘆曰：「祇回留之，不能去云」。現在的孔廟，離太史公時代的相去甚遠，自然比他所見的更堂皇、更令人依依不捨。皇宮也沒有年年修葺的工夫，三孔的修葺卻被當為例行公事。

遊孔廟，可以略過它的勾心鬥角、重簷飛甍、雕樑畫棟、斗拱交錯、九脊騰空，撇開奎文閣、重光門、漢石人、弘道門、十三碑亭不顧，但不能不去大成殿。遊人盡可用「宏偉」、「嚴肅」、「神聖」來形容它，但該沒有人會説它「瘡痍」。巨大的雕龍貼金龕中，有腰大十圍的塑像，怎可能「瘡痍」呢！但是，從歷史角度、文化立場去想，大成殿象徵着文化的摧毀，它是懷古的方向，也是悲哀的圖騰。我想，每個到訪的遊人，會因殿內陰森的氣氛中一尊尊木立的塑像而惋惜，下拜於悠長、艱苦的文化鬥爭。我們渴望跨越圍欄感受自己的卑微、省思過去的不力，但冰冷的鐵欄將我們摒諸殿外，只可遠觀時空的距離怎樣破壞心底的情感。不知歷代衍聖公步入祖先的廟堂時，會有甚麼感想？像我這樣的普通人，尚且為文化而沉默無言。衍聖公是否又多一重感慨？他們來祭孔，看到殿上手執鎮圭、面容安詳的祖先，會否省思自己的權力、地位的來歷？文學、教育，在他們心裏泛起過多少漣漪？我猛然醒起，不少失意官場的孔家子弟曾離鄉別井，在曲阜以外的地方悄悄逡巡。到底是為了甚麼呢？每個人都有權力慾，既然官場不能滿足他們，就從商吧！控制經濟，比當個小官更能呼風喚雨，祖先的威風自然再度吹拂。孔祥熙就翻開了這麼重要的一頁，在孔家歷史上多添幾抹顏色。但對這位孔門人物，我又難以用幾個字簡單地評說。

畢竟，談到孔門人物，就不能首鼠兩端的撇開孔祥熙不說。既然無法避而不談，那就談談比較重要的事——發行法幣。在此之前，孔祥熙只是一個小商人，在官場上混過一段日子，搞過革命，但無法擠進政府高層。出走東洋後，他的宦囊漸豐，參與過幾件歷史事件，但權力仍然局限於政府之內，跳不出幾個地區。他覬覦全中國，要把指頭伸向更遠更廣的地方，企圖以財政部長的身分，借助金錢的力量，控制中國的命運。

一九三五年，這個機會來了，國內經濟出現問題，銀行擠兑，物價緊縮，工商業面臨破產，嚴重的兩極化促使富族大戶躍升為政治人物。孔祥熙知道政府無法從這個泥淖抽身，正好插手干預，以「統一幣制」為藉口，套取人民的錢來撐持龐大的支出，換取英、美兩國的貸款。孔祥熙像魔術師般手腕一轉、指頭一點，就實行了法幣政策，強迫人民用白銀換取法幣，取消以往的兑換機制。結果通貨膨脹，小本商業全部倒閉，與封建性的掠奪無異！人的價值在數天之內發生變化，農民百姓手握的法幣根本沒有購買力，在兑換的過程中也把命運賣與政府。小商人淪為平民，平民淪為奴婢，奴婢淪為豬狗……實際得益的，是政府的高層；或者該説，是孔祥熙。此後，中國的金融被外國人操控，外國不斷輸入資本、傾銷商品、掠奪廉價原料，侵略中國的經濟。政府壟斷全國的金融事業，四大家族可以透過中央、中國、農民、交通四大銀行，掌握全國各銀行的運作。從發行「法幣」到大舉外債，錢都流入他們的口袋，而人民則三餐不繼。孔家的財產再無法估量，勉強説成天文數字吧！反正他已富甲神州。當時流傳着「蔣家天下陳家黨，宋氏兄妹孔家財」的説法，證明孔家從金融到財富都獨步天下。眾人喚他作山西財閥，他不介意之餘還咧嘴微笑，也許，這就是「哈哈孔」這個諢號的來歷。巔峰時期，孔祥熙全面掌握金融、工業、商業和文化事業，利用收購、擊沉對手、安插親信這三部曲，成功在政府佔一席位。孔祥熙的成功令人錯覺中國這塊土地是少數人的棋局，雖然對奕的人不斷轉換，但圈子裏有一個家族暗地操控着。

「橫財使人富，夜草助馬肥」，孔祥熙看準每一個可以賺錢的機會，把自己的錢袋塞得滿滿的。他發行公債、濫印鈔票、走私物資，都是殘民自肥的手段。最後，鯨吞美金公債使他聲名狼藉，人民痛罵：「孔祥熙不祥，徐堪不堪，陳行不行，子良不良」；幾間大學的學生非難孔家的公私不分；蔣、宋兩家既複雜又惡劣的家庭關係開始表面化；美國特使居里一矢中的指責經濟系統的紊亂；參議院展開彈劾孔祥熙的方案……縱使眷戀也留不得了，孔祥熙自知無法站穩，逐步離開官場這個舊中國政治舞台，到幕後避一避。新戲上演，他的戲服馬上顯得腌臢不堪，卸下濃妝的臉只有無奈。兩年後，「哈哈孔」逃到美國，過着流亡生活。怎料美國不是一個綠洲，傳媒不斷指責孔祥熙「私有化」的政治手段，逼使他深居簡出，不敢為自己多吭一聲。日暮窮途的孔祥熙走在紐約多霓虹的街頭，一定會覺得風寒刺骨，呵氣取暖也感到艱難。曾經是經濟王國的首領，在金融沙場上馳騁過幾十年，享受過擊敗對手的歡樂，沒想到暮年要在美國踽踽獨行，任由風沙吹打。「不患寡而患不均，不患貧而患不安」，大概沒有人能比孔祥熙有更深的體會。

這時，相隔汪洋的曲阜老家正刮起一陣奇怪的風。

三

老輩入孔林，多會搖頭嘆息，暗自難過。從他們的面上，我看到無奈和憐惜，彷彿黃土之下是自己最愛的人，淚珠只是勉強挽留着沒有滴下來。的確，當你看到整個孔林都好像奄奄一息，只要稍微眨眼就會從你面前消失，你怎能不停步、不低頭、不怪責時間做事怠慢，沒有治好孔林？亂草中倒睡着一些石塊，慘白的軀體令人聯想到磷火閃閃。仍然站着的石碑，有的折了腰，任由風雨舔傷；看似完好無缺的，中間留着一道明顯的深色補痕；有些是新造的，油漆鮮艷，卻粗糙。無疑，這都是孔氏貴族沒落的印痕，也是眾人心中一道無法痊癒的創疤，縱使傷口已結了皰痂。

那陣奇怪的風先吹襲孔府。如今，痕跡全都拭去了，文明景點的形象由頭至尾覆蓋得嚴嚴密密，遊人的足印印滿每一個角落。我仍記起在孔府內宅外，從骯髒的玻璃向裏邊看，古雅榮華的傢俬領先着房裏空間的文明。不難想像穿着馬褂的孔令貽在廳內踱步把玩古董的情景。因為光線不足，焦點常常游離於遠近，我的臉烙在一層昏暗中，重疊於內外、古今、彼此之間。我笑着想，當年是否有一個頑童站在同一個地點、同一個窗口窺看衍聖公的華衣，驚歎於桌上的美食，垂涎侍奉的婢女……瞳孔一縮，一切都沒有了，桌上只餘下厚厚的灰塵。短短幾秒間一種奇怪的想法，曾攫住一部分人的心，罪惡、剝削、鎮壓、血腥、污垢，討厭的概念曾為過路的怪風送上幾下掌聲、幾聲喝采。

十一月一個灰色的下午，大批人湧到孔府去敲黑色的沉睡之門，要把一張張血紅色的標語貼到孔子的像上去。新與舊的對立激起了浪潮，封建和孔子之間畫上了等號。當思想對立傾於一方，門就倒下了，圍城終於失守！所有奢侈品：沙發、地氈、席夢思床、白瓷浴缸……全部化成飛灰。一切不符合現實，代表着揮霍、驕奢的東西，可以拆的、可以砸的，全都被剝下來，堆成一座座高山，舊社會在名義上成了個土饅頭。溫文爾雅的傳統，被紅色的鐵鎚敲醒了，進行着另一種「抄家」。誰叫大宅院裏有園林？誰叫府邸有二百個傭人？誰叫孔府內的人吃喝奢華？生活對照出天淵，洶湧的情緒無從遏抑；要求重建道德的呼聲愈來愈高，羊群主動衝破欄柵。漫天都是黑色的蝴蝶，連空氣都焦了。寒冷的風竟然熱起來！

天空越來越陰沉，風吹來烏雲數朵。離孔府不遠的孔林，萬千樹木都在號叫、在飲泣、在悲鳴！兩千多年後的騷擾，開始向地下進發。地上，是奔波、營役；地下，是寧靜、和諧。黃葉在荒草的起伏和墳塚的顫抖間翻滾，又從那些人的腳踝之間穿過。塵土飛揚，拌着吶喊和汗水升上半空，復又輕輕跌落。圍觀的人，目光隨着泥土的飛揚而改變，心想：挖出來的泥土愈多，所得的也愈多，元寶、黃金、翡翠……黃土不住往上飛，旁人也屏息靜觀。原本安靜是一樁好事，但這種安靜卻來得忐忑不安。縱使石碑堅毅地矗立着，在風雨中屹立了好幾個皇朝，始終，它只是一個石造的圖騰，鎚子一揮，它也會不吭一聲的倒下。過了兩天，「轟」的一聲，泥土揭地而飛，天空染得一片微黃，黃得古老而戚戚。撥開一層層的腐土，發現孔子遺留下來的，不是想像中金光燦爛的珠寶，而是一部破舊的《論語》。不錯！由始至終，也是一部《論語》！群眾怒了，爬到門額上去拆匾額、跑到其他地方去砸碑。難道他們不知道孔子與天地相融了，化為連綿起伏的山嶺、鋪展為無垠廣袤的大地、上升為包容潔白的天空……如林的高碑、精緻的大廟、昂然的塑像、千古的頌揚，都不是他想要的。他，依照自己一生的理想，成為了一個民族的氣候，影響着神州的陰晴。眼前的石碑，實在簇新得過分！一場小雨令情景顯得無奈而傷感，裂紋顯得錯亂縱橫。墓碑上「大成至聖文宣王」的黃色大字，整齊而圓滑，代表了甚麼人生法則？那一陣風橫掃了整個貴族：樹上再沒有一片金色的葉子，只餘下主幹在喘息。悲哀嗎？良知藏到甚麼地方？有每日三省吾身麼？靈魂呢？難道沒有感到悸動？有顫抖過嗎？克己復禮、溫柔敦厚、君子不器……忽然變成了天方夜譚，而這夜譚很漫長。

從此，孔裔好像消失在人群之中，連影子也都沒入別人的影子裏。世上不再有衍聖公、不再有小聖人；令人感到惋惜的故事加上了省略號……只是偶爾在三孔裏，遇到幾位孔子的後人，在打點修葺，或跟遊人合照。他們的臉上，偶爾掠過些微昔日的陰影。

四

歷史終於吁了一口氣。

雨橫風犯、無計留春的時代已經過去，孔子的後人漸漸滲入社會的土壤中。聽說，孔子的後人已着手編纂族譜，打算把四百多萬的族裔編入其中。這次重修族譜的目的，是希望能完完本本把孔氏傑出人物收在裏面，重續停了六十多年的修訂工作。

這四百多萬的貴族後裔已完全融入平凡的世界之中。他們重新開展生命的視野，繪畫自己的彩圖。曲阜這張溫暖的睡床已蒙上薄薄的灰塵，聖人的家門敞開，任何人也可入去走走，看看孔子遺下甚麼訓示。踏在孔里大道，想到一個歷史人物的思想體系可以形成一個實實在在的生命群組，在曲阜、在齊魯，從閭巷流傳着領先的民族智慧，就感到天空好像特別的高。我嫌自己的衣著裝束太現代化，難以走進古老的長街窄巷，輕觸柱上抖落的飛灰。

從外緣到外緣

外緣是密集裏的空白
它的天空常常有巨大如雲的意象
在舊樓清涼的陰影下
我們，不自覺走進記憶的末端

一

世紀末夏天的午後，懷着一個微末的理由，我離開三棟屋，沿着外緣的狹窄踱向河背街。

回頭往市中心一瞥：行人天橋上滿是行色匆匆的過江之鯽，顏色繽紛的衣裳穿梭於迷濛的路上，倥傯間建立白晝的燈影。遠處傳來商店擴音器的拼命呼喊，沙啞的聲音不斷重複購物的概念。一幅幅巨型廣告和宣傳橫額遮蓋着大廈的面貌，像染滿藥水的繃帶綑着整潔的身軀，卻在腥風吹襲下露出誇張的肚子。破舊的雙層公車轟轟駛過，掀起一股衰老的感覺和一種詭異的灰色，落在柏油路上襯着過分雪白的行車線。一股涼氣蓋着整個都市，人在裏頭走得輕鬆自然，吵吵鬧鬧的，粉飾着城市的層次。這個地方被稱為中心，過程非常自然。

我知道，這個繁華的中心原來是安靜的，是幾株老榕樹隨風搖擺、梳下枯葉的地方。孩子圍坐着玩抓子兒、挑欖核，瀰漫着泛黃的童年笑聲。小胡同裏迴蕩着木屐「踢踏踢踏」的跫音，翩翩的揚起幾隻蝴蝶——這些是透過外公的敍述重構得來的圖像，勉強稱為「記憶」。

自從道路的概念在這兒衍生以後，「中心」冒起、「外緣」擴展，城市的範圍愈劃愈大，邊緣區域愈伸愈遠。都市化以癲狂的達達主義筆法把過去的田園風貌大肆塗改：

菜田長滿枯黃的雜草，蛐蛐與水窪結伴消失；泥濘路鋪上瀝青，喜雨過後黃牛走過再沒有深深淺淺的腳印；圍村的外牆塌了，瓦礫裏鑽出參天的高樓廣廈……只有三棟屋以特殊的姿態存留下來，倖存於淘汰的定律之中。陽光穿越四十年的界限令石屋裸裎皚白的軀體，剝落斑駁的外牆、薰黑的土埒，忽爾顯得平和不爭——三棟屋已成為博物館。

外公嘗試以最親切的方言説服我相信三棟屋的過去。然而我的想像力不足以將鬆散的資料組織成記憶——壓根兒，他的記憶不可能轉化為我的記憶。記憶本諸時空，當我不存在於相應的時空之內，用甚麼來建立腦裏的影像？文字和語言能否顯現逝去的事物人情？我嘗試來到博物館建構和鞏固他的憶述，可是簇新的修飾未能證明甚麼。

三棟屋的圍牆潔白得過分虛幻，企圖掩飾一些人為的錯失。內堂裝飾得像小商店，櫥窗放着一些昂貴的舶來品，卻與這兒拉不上甚麼關係。窗子開得太小了，容納不下迅速轉變的天空和土地，幾條偽裝的鐵枝囚禁往日的風景：昔日寥闊得可以站一個小孩，現在只能在展覽的相片上襯起瓦頂年輕的顏色，放風的故事已沒法悠然實行。抬頭一看，天仍然很藍，卻被灰黑的大廈壓低了，藍得帶點商業味，像柯式印刷的點子，一滴水也能分解它的假象。被闢作展覽館的橫屋門楣上，有三張褪色的紅紙匿在簷下。我無法知曉它們祈求甚麼了，我只是單純地愛着它們搖曳的姿態、紅得純樸的顏色，是外緣散發的新鮮。也許，在那個我不能想像的年代，這些紅紙曾有我的名字，貫串着外公微小的心願。依稀有一雙黝黑多皺紋的手、一個瘦小羸弱的身影、一種古怪的味道，出現在視覺朦朧處久久沒有散去。半屋陰影下，霉味在小巷裏氤氳，是浴盤的味道，也是小孩子洗澡的香氣。熟悉的感覺在脫色的重門開闔間重新接合，隱隱流露着薄薄的情意，胡同倏爾灰起來了。於是我不禁驕傲，因我的記憶有部分化為這博物館的軀體。只有新鋪的石板與鞋底產生思想齟齬。我的腳步驀然沉默，但沉默不等於緘默。

一道嶙峋的圍牆壓着思念的軌道：地上鋪滿黑沉沉的泥土，柴枝和木桶淩亂地散落着。胡同裏傳來嬰孩的哭聲，一個年輕的女聲在「嗳啊嗳啊」的逗弄着孩子。幾個媽媽從窗戶喊兒子回家吃飯；溫暖的飯香蒸着黃昏落日，荷鋤的農人一個個返回屋去，圍着乏力的油燈憩息。整條圍村響着鏗鏘的碗筷碰撞聲，夜幕臨到每個微黃的小窗。夜幕下，老人坐在門檻上抽菸，白濛濛的菸靄在微寒裏扭出翩翩的花紋。這是外公的記憶，是他努力表達的生活模式，卻不屬於我能掌握的想像之內——我是吃漢堡包、喝汽水、玩鐵甲人長大的孩子。

其實外公的語言敍述比親眼看到的事物更難掌握。我無力辨別哪些地方有他的美化和醜化，同樣我不知道自己在接收訊息的時候有沒有認同和否認一些歪曲的、不該接受的「史實」。外公自述身世，我除了竭力構想之外，似乎只能一概否認，避免偏離三棟屋的真相過遠。

「種田的時候，馬蜞比太陽可怕——要穿衣服，不要赤膊。赤膊捱不住。種田要站着來做，看——」外公指着自己的腿，「隆起一條條藍色的。」他不知道小腿隆起的地方叫靜脈曲張，可以透過手術來醫治。他常常以他們那一代獨有的語言來表述，老是把「雪」叫作「冰」、「報紙」叫作「新聞紙」、「連環圖」叫作「公仔簿」，有時詞彙的使用會超越我的猜測之外：「泳棚」、「荷蘭水」、「摩囉」——築起舊時代獨有的意義。對的，外公是種田的，市場裏的菜他瞧一瞧就知道叫甚麼名字，好與壞拿着嗅一嗅就知。一個精於燒飯的老年人，除了相信他曾是農民之外，就再沒有適切的職業代入他的五十年代。

我常常思索，既然語言不能呈現完整的記憶，重構會歪曲事物的真象，現代化又沒收了歷史的財產，懷舊的價值在甚麼地方呢？我想家，找尋肉體居住以外精神的家。家的味道是不是黃梅時節浴室氤氳濕味的親切？還是在虛無裏難以確定真假的浴盆味道？記憶的奇異，在於重提的時候已經不自覺地改寫。當我們老是閒話當年，向後代述説過去的美麗，那種曾經旖旎的風光已經被我們塗污了。

當沉默漸趨成熟，那條長廊出現了。曩昔的感覺游離於視野的盲點，只有博物館管理員呆滯的眼神在烈日下激起迴聲。重重黑瓦外，茂密的樹叢無法隱沒城市的面貌。牆頭的紫色小花在風中顛簸，緊隨着三棟屋在外緣的汪洋上漂流。這就是我對五十年代淺灣的唯一印象——我用以區別於世紀末荃灣的尺度。

我想，除了實際的地域以外，時間也有被「邊緣化」的可能。三棟屋雖然客觀地存留於今天的時空裏，可是真象卻早已荒蕪，以一種為世冷落的姿態倒在城市的一隅。

二

舊區記憶是莫內的印象畫

畫筆輕輕的撫拭留下時代的陰影

在光影的末端
歲月伴隨流動略過我們
如幾隻小鳥，低聲啁啾

有些店舖只會在外緣出現，例如菜市場、冰室、海味店和上海理髮店。同樣，有些職業是外緣獨有的，例如清道夫、苦力和拾荒者。

越過幾間偌大的百貨公司，拐過幾條仄巷，跟五金店、玻璃店、汽車維修店擦身而過。它們低矮、面目黧黑，門前罩上一層薄薄的寂寞。可是它們都有奇異的特徵：五金店墨黑的地上撒滿銀色的星屑，簷前掛着一大串膠水管，昏暗的內裏有鏽味和油味，膠水桶七彩繽紛的疊得比人還高；玻璃店是鏡子和魚缸的出生地，老匠在自己的鏡像裏幹活，空空的魚缸盛滿老匠喜歡的市聲；汽車維修店老是把輪胎堆在人行道上，車油和污水源源不絕從車子流出來，拿着工具維修的永遠只有一人。相比於新式商場和購物中心，這些七十年代的「老頭兒」已沒有售賣和從商的權利。這兒混濁的空氣散發着過去的味道，跟煤油燃燒的氣味相若。也許我的嗅覺比別人敏銳，小時候能夠從氣味辨別人物和地方：每個人身上都有一種特別的氣味，從修理汽車的手、沾了紗廠水泥味的工衣、在烈日下暴曬過的頭髮，都喚起相關的記憶。對面屹立着一排工業大廈，強烈的陽光照穿它們灰溜溜的容貌。它們是何時睡醒的？直覺上，這兒欠缺一輛木頭車，一輛用作時間定位的木頭車。

相隔這許多年，河背街還是舊模樣，只是在路牌之外豎立了一個舊區的形象。圓角矮簷下，一個又一個鮮紅色的燈罩晃來蕩去，水果就在下面進出。麵包的香氣瀰漫整個市場，濃烈的奶油味是下午茶的呼召。貨車與手推車爭路，苦力扛着米袋橫過湍急的人流，人們見縫插針的橫過別人的空隙。街上滿是蹣跚的佝僂老人，踽踽獨行於重複的舊區迷宮。議價的聲音清脆悅耳，不必有所謂買賣的規條：交易就是物件的轉折，正如人的遭遇重複地轉來轉去。旁邊一個行乞的老婦，以無奈的目光投向年輕的途人，彷彿我虧欠了她甚麼似的。

在營造邊緣記憶的同時，是否無意間建立了中心化的現實？處於我存在的時空裏，記憶自主能夠塑造完整的故事嗎？我們靠甚麼來補充遺忘的地方？

灰色為主調的公園仍然是老街的標誌。孩童追着皮球呼叫，脛子交織着歡笑和痛楚的童年。滾動的皮球是否延續着追逐者成長的心願？作為追逐者，鐵絲網惑亂了情緒，網外是令人迷惘的學校。樹下仍然聚着一群棋王，持續着楚河漢界連綿不止的「戰鬥」。地盤是靠棋子「打」回來的，對峙的意義在於計算思想的誤差。大抵「棋王」都要老一點，才有被重新考訂的尊嚴，然而他們半蹲半坐的姿勢已經成為一種身分。穿過矮樹叢，拐進小巷。藍色布篷下，遇見一群抬頭端詳喜鵲的男人。那隻鳥得意地睥睨那些疑惑、讚歎、欣羨的目光。相對於籠中的鳥，那群人在籠外的姿態並不瀟灑。地上放着一籠相思鳥。牠在顫抖，病懨懨的，濕透的羽毛黏成黑色的一綹，兀自在籠底啁啾。我見店裏的老人以奇怪的目光看我，就笑着略過那一陣鳥聲。略過，僅僅是略過。

街市外的陽光豁亮不已，照得衰頹的外牆現出一個空白的大洞。樓房的腰間是錯綜複雜的連連仄巷，放置着自行車、木頭車等歲月的遺物。倒閉的店子旁有一個漏水的水龍頭，滴答滴答計算着時間的流逝。膠袋和垃圾蜷成一堆，像睡在地上的醉漢。上面張着幾個破篷蓋，盛着一些電線、水瓶和鋁罐。貓兒在中間穿插，躍到人家的窗台上舔癢，看街景和途人。凌亂的瓦片堆裏不知怎地冒出幾朵小花，與魚骨天線、晾衣竹爭奪夾縫間僅存的天空。再往上看，破爛的窗映出一架綻放銀光的航機，在藍色的佈景中緩緩離去。新舊的交替只是這片刻間的略過。童稚時代的吊扇和雙層床應該在這樣的環境下衍生。

河背街究竟有沒有上海理髮店呢？那個累世轉不完的三色招牌，不是能夠穿越時空的嗎？為甚麼它不會在遺忘的角落出現？在憂慮背後還有疑惑：外公連自己的兒子也沒有抱過，當年怎會抱着我到這兒理髮呢？相片已經是不可靠的記錄，追問更是不可能。從第三者的補述中，似乎有其矛盾之處：外公是平頭主義者，頭髮從來理得短短的，下巴也刮得光亮。但別人說他曾經長髮披肩，鬍鬚遮去半邊臉，只露出眼睛和鼻子。既然形象已經不能統一，又怎能確定把我帶到理髮店的人是我的外公呢？我實在無法接受外公的頭髮比我長的「事實」，稱之為故事也許更貼切恰當。

巷的盡頭，是另一條小巷的起點。在那幽暗的盡頭，閃着一點微弱的銀光，似乎走進去就能回到那個令人懷念的年代。不知有沒有穿開襠褲的孩子從裏邊跑出來，帶着一臉泥塵，哭哭啼啼呼喚爸媽。我的童年應該留在那點銀光的深處，而對應的是外公的暮年，他應該放下木頭車從這裏步向園林。

我記起外公提及的傳說：某一年人口失蹤特別厲害，與一個時光的巷口有關。只要把握黃昏走進去，就能回到過去盡情遊覽，而且往往流連忘返。外公補充説：「這個巷口還存在呢。」他的立論基礎本諸十多年推木頭車當清道夫的經驗。這番話好像在剪刀聲和老夫子漫畫裏得來的，伴着一陣甘香的味道。

記憶和遺忘的衝突應該是「既濟猶未渡」的精妙所在，而所謂中心與外緣不過是相對的概念，被時間抹去二元對立的影子。「事實」可能是記憶敍述者不自覺的修飾。

記憶的小孩永遠童稚
在仄巷裏穿插和追逐
隨着遊樂場的興建
他們跑到遙遠的地方玩耍
跟天穹的白鯨捉迷藏

三

既然任何事物也有對立面，那麼擁有外緣的便不止於客觀事物。一切人類可以感知的東西都有中心與外緣，包括記憶。外公在世的最後幾年，就完全活在他的記憶外緣——老人痴呆症把他關進自我的世界之中。失去他的幫助，加上本身的遺忘，有些事情已經迷糊蕪雜。

縱目外望，河背街外塵土飛揚，工人忙着建造新式的商業大廈和高級住宅，再遠一點是汽車疾馳的高架公路。這兒已被劃為舊區，不久會被清拆，切合外緣上延展到金錢的車道、配合鏡面幕牆的廣廈。年代的文明、文明的年代，在並行的時候忽略了古老的價值。黑夜把建築物的階級分清，低矮的河背街除了分得幾枝街燈外，闃然、默然的隱沒於視覺之中，恍如從地裏冒出的古城，曙光乍現時會消失得無影無蹤。然而一街之外，霓虹光管照紅了夜色；車道上，汽車的白龍和紅龍在蜿蜒匍匐，節日的燈飾不分時令發揮潤飾的功能……明天，垃圾、廢土傾於外緣之上，河背街只能保留名字，與「河」再沒有一點關係，只能遙望海港的風浪。從此，麻雀不再在河背街出現，更何況記憶這種脆弱的生物？

沿着小巷信步，駐足在樓房的樓梯下，回憶循着狹窄的樓梯不斷上溯。懸空的電線掛着厚厚的塵土，空間似乎也蒙上一層灰塵。店鋪的鐵閘外，冷冷的貼着幾張祭文似的告示。門內，還有沒有可以出售的童年？走過一間沒有名字的「士多」，向黑燈瞎火的店堂一瞧，除了一位老者躺在長凳上搧扇子外，甚麼也沒有了。難道放在地上的幾個打火機、幾瓶水是商品嗎？這使人反思價值的平衡是否繫於金錢的制約。再踏前幾步，河背街的故事完結於開揚的市區風貌，竹棚開始分解過去的構造。購物中心、大會堂、新型屋邨林立於新的外緣。陽光猛烈地投射，背後沉靜的氛圍像菸靄散開、消失。河背街的最後一刻，自有它獨特的絢麗和燦爛。

外緣的腳步常是無聲的降臨。命運已為每一條街、每一條邨安排了未來。面對現實的審判，三棟屋選擇逆來順受、河背街選擇拼命頑抗，可是結局還是一樣。三棟屋已被定型，在未來的數十年裏永遠被稱為博物館，以「博物館」作為包裝，釘在眾人的面前宣示經濟勢力的浩大無邊。拒絕成為順民的河背街，只能留下街名作為紀念。

對於人生的外緣化，外公選擇慢性的遺忘。在療養院的病床上，我如何努力追問一九四一年耶誕的故事，他只是默默看着我，空洞的眼神不帶半點希望。隨着他的離去，香港故事又少了一頁。從書本裏得來的是史實，與個人記憶相去太遠了。

站在外緣上，我感到身體有一種既熟悉又古怪的味道：雖然是一股酸臭，但感覺是這麼的舒徐、和暖。我想，「徘徊」、「逡巡」、「盤桓」這些詞語誘人的地方，在於它們與感人的地方建立關係。在我思索如何給後來者留下記憶的時候，我找尋外公愛吃的花生米——差不多是上墳的時候了。懷着這個微末的理由，我一個人在外緣上獨遊，在世紀末夏天的午後。

木頭車又經過昔日的街道
重疊於今天走過的時間
站在這個地方的
便不只是簡單的人和陽光
飛過的雲有了新的意義

堅尼地城的貓堡壘

地圖上確實有這個「凹」字形地帶，但沒有標示名稱，只知道它夾在加多近街和爹核士街之間，開放的一邊是堅尼地城新海旁，對着深綠色的、常常籠罩着煙霞的卑路乍灣。翻查精密一點的地圖，只找到相應的地段編號，依然沒有像樣一點的名稱，只能肯定它位於堅尼地城的角落。我擅自在地圖上畫了一隻貓，代表我所說的貓堡壘。

我是怎樣發現貓堡壘的呢？連我自己也記不清楚。只記得我常常揹着背囊、捧着照相機到堅尼地城，為我創作中的小説作實地考察。我相信寫小説應該貼近現實，於是我記下每條街道的特色、舊區居民的相貌和風景變遷的節奏。我不是無緣無故走進堅尼地城的，多多少少帶着一點機心，致使每次我都忽略了重要的事物。那天我在吉席街下了電車，沿着車路來到海旁。硫磺海峽外的青洲如常蒼翠和朦朧，不時有翅膀張得很大的黑鷹在天空盤旋，淡淡的煙霧使對岸的風景豎立在朦朧之上。海旁的建築物好像比上次來的時候整潔，沒有以往陰沉死寂的感覺。這種感覺的轉變來自行走，低頭一看，發覺路是新鋪的，一直延伸到植物掩飾下的屠房。我理所當然地沿着預設的安排行走，過程非常順利，我感到堅尼地城慢慢溶入從西營盤泛過來的進步浪潮。

走着走着，從車路躍入一隻金色的小貓，清脆俐落的拐進不遠的一個巷口。小貓當然不是金色的，只是牠走過的地方剛好有陽光照着，就像天空拋出一道有形象的光線。我好奇地跟着小貓，不知不覺便進入我所說的貓堡壘。路已經龜裂，踏上去有磨蝕和粉碎的聲音，仿似年代久遠的錄音帶重播時的濁音。粉刷的牆壁非常整潔，我記得那個年代的建築物都是這樣的，乾乾淨淨，像那個年代的人，混和了黑白照片上淺灰色的樣貌和笑容。

樓宇的結構很簡單，方方正正的一幢貼着一幢，沒有瓷磚外牆，沒有落地玻璃，沒有露台或窗台，很簡單的一排淺灰色建築物。樓梯突兀地依附樓宇的外牆，旁邊有錯亂的白色水管通往溝渠。樓梯只有我肩膊的寬度，梯級很窄，圍欄只及腰際，證明以前的住客個子很小。好不容易攀到頂層，我小心翼翼地將身體的重心後移，倚着較為堅固的矮牆四處張望。上面是一片粉藍色的天，沒有雲，一大片看不透的藍。陽光從對面建築物的煙囪射過來，照在一排密封的窗戶上。半空交纏着很多水管和電線，「水」「電」網絡鋪展得綿密有致，恰好襯着一兩棵枝葉淩亂的植物。後面是僭建的木屋，風雨侵蝕差不多把它壓扁。魚骨天線混進植物裏幾乎分辨不到，鴿屋就悄悄的向海空置着。下面是腌臢不堪的屋瓦，盛着報紙、膠袋、磚塊……總之是垃圾吧，反正擱在屋瓦上的東西都是被丟棄的。這兒有我想像中的寧靜，我清楚聽到我的頭髮在風中互相磨擦，聽到建築物搖晃的微小聲音。

小貓不停地叫，而且開始此起彼落的互相呼應。我四處尋找，只找到一兩隻暴露在陽光中的「哨兵」，其餘的貓仍然在暗處響警報。我不討厭貓，對貓的叫聲沒有特別的感覺，而且在那個場景，牠們的叫聲像電影的配樂，維持着神秘的氛圍。小時候我住的地方，晚上先有一陣昆蟲的合奏，接着是小貓若斷若續的呼應，然後受打擾的狗會發狂似的亂吠，最後由狗的主人喝止這一陣喧囂。

貓堡壘的中心是一幢有很多窗戶的建築物，簡直是一堵玻璃牆。不同的折射角度使這堵牆收集了很多不同的景色：有些收集了天空的顏色和小鳥，有些收集了簷篷上的雜物，有些收集了對面建築物的窗戶，而那些被收集的窗戶又反過來收集對方的內容。這種收集的功能已經持續了一段時間，致使有一些玻璃窗承受不了豐富的內容而碎了。仍然存在的，背後貼了交叉，也不知道是甚麼意思。一排排東歪西倒的信箱差不多遮蔽了玻璃牆的入口，要小心穿過才可以找到樓梯。可是裏邊黑得有點誇張，只有微弱的陽光透進來，僅僅照亮幾級樓梯。我的背囊裏沒有電筒，盤桓一會兒後我便放棄了。當年的住客是怎樣走上去的呢？難道他們都長有貓眼，能夠在漆黑裏拾級而上？難道他們不是憑藉視覺，而是依靠感覺登上那一條漆黑的樓梯？

從玻璃牆退出來，發現被遺棄的事物撒滿一地。過時的選舉宣傳單張上，候選人的笑變了色，而大部分的諾言都不能兌現。簷篷下有一堆信件，是電力公司的繳費單和政府公函。我好奇地拾起幾封細看，嘗試從英語拼音構想收信人的資料，但推理無法幫助確認住客的外貌和年歲，有怎樣的過去、過着怎樣的生活。總覺得貓堡壘有一點魔幻的感覺，說不定野貓就是收信人。牠們在白天幻化成貓而夜晚是耄耋老人。這種想像跟我構思中固執、粗魯、酗酒的小說人物相去甚遠。幸好我沒有遇到這裏的住客，否則我的失望可能更大。

貓堡壘的左邊是一列灰色的矮小樓房，中間是玻璃牆，而右邊就是被植物重重包圍的尖塔。尖塔有樓梯，不過異常陡峭，我沒有走上去的念頭。尖塔分成好幾層，每一層都擱着很多盆栽，不同的綠色襯托着剝落的外貌。很多花盆已遭樹根擠破，小樹抓着同伴或其他事物勉強平衡着，造成枝葉緊扣的情況。牆身佈滿從裂縫擠出來的植物，有小草、牽牛花和藤蔓，像輕輕掃在牆上的顏彩。最精彩的是樓宇的頂部：你無法想像樹木遮去半邊天空的情況，尖塔落在樹木的陰影裏，不知道是哪一個侵蝕對方的生存空間。

對人類而言，這個只有一個足球場大小的地方不是理想的居住環境。但對貓群來說，已經是一個偌大的堡壘。沒有人為的干擾，牠們偷偷建立了自己的王國。我繞過尖塔走出貓堡壘，完成了「凹」字形的歷程。回頭一看，一隻虎紋小貓默默的看着我，圓圓的眼睛渴望着甚麼似的。被遺棄的貓佔領被遺棄的樓宇，是再自然不過的事，這樣的結合往往使人愜意。小貓看着我，我看着二十分鐘前我進入的巷口，我們之間隔着一輛殘舊的貨車。

那天我的機心沒有得逞，我找不到我想要的素材和資料，倒是拍了很多照片、走了許多路。我的小說進度緩慢，但我想用簡單的結構，從動物的角度看時間的流逝和變遷，正如貓堡壘簡單的配置和野貓的生活。大抵小說完成的時候，貓堡壘已經分成許多碎塊，倒進海裏成為商業中心或甚麼山莊、甚麼豪庭的地基。你以為我的經歷是虛構的嗎？懷疑貓堡壘是我理想影像的投射？堅尼地城確實有這樣的一個角落，由野貓統治着、管理着。貓，一向都是最忠實的住客。趁着清拆工程還未延展到海旁，你還可以進去看個究竟，小貓一定會好好招呼你。牠們是如此的友善，像逃學溜到外邊玩耍的孩子——小時候的我也喜歡這樣。

家訪

一切都無法估計，猶如升降機門開啟我們就被突然的悶熱苦纏。侷促的走廊是過去十年死寂的空氣，從斑駁的剝落中滲出許多酸臭。阿蕙忍受不了嚷着快點開門，你加快腳步伶俐地轉彎在走廊盡頭停步，從破舊的石磨藍牛仔褲裏掏出鑰匙開啟那道會發出恐龍叫聲的鐵閘。門只開了一線縫，阿蕙就衝進去開空調，然後飛快地進入洗手間。

待你打開整扇門，我才怯怯的走進去。你轉身關門，屋子漆黑一片，我覺得有一雙友善的眼睛盯着我。我看到一個發出紫光的魚缸（缸裏有一群紅劍魚）、空調按鈕的紅燈和神怡的光。藉着又紅又紫的光，我隱約看到一些家具，而魚缸水泵運作的聲音格外蒼涼。你按下燈掣，日光燈閃了很多下才穩定下來（就好像夜半長空的閃電）。我看清光照範圍的事物，有電視機、飯桌、沙發、茶几、電風扇和組合櫃。然而燈光疲弱，燈泡應該壽命將盡，卻出奇地烘托出一種很電影的感覺。

我坐在地上脱鞋，你急忙拒絕。你説灰塵和垃圾會弄髒我的襪子，但你卻瀟灑地踩着鞋跟，甩一甩腳把鞋扔到牆角。牆角有幾個塵埃球，日子有功滾得又大又圓，我知道你的襪子不消一會便會變黑。最後我連襪也除了，赤腳踩黏糊糊、又沒有質感的地板。我的腳掌很快就黏滿垃圾，最硬的是一顆乾了的飯粒。過期報紙和雜誌鋪滿飯桌，有一些乾了的汁液在桌上結疤。椅子整齊地圍着飯桌，每邊兩張工整地相對於另一面。四張椅子就這樣平衡着、相對着。

阿蕙從洗手間出來，雙手淌着水，東張西望説要紙手帕。你指一指魚缸旁的廁紙，阿蕙生氣地説她要柔軟潔白的紙手帕而不是粗糙便宜的廁紙！你愛理不理，逕自到客廳開電視：「悶透了，還在播新聞。」阿蕙齜牙咧嘴埋怨了幾句，無奈地用廁紙抹手。

「隨便坐吧！不用客氣。」説罷你把雙手枕在腦後，橫躺在佈滿報紙、衣物和椅墊的沙發上看天花板。你完全陷入沙發之中，被那一團海綿吞噬了。我出神地看着你家最大的家具——脱色的組合櫃——瞻望它的巨大和寬容。它巨大得可以收藏很多雜物——

白蘭地和福祿壽瓷像、錄影機和水晶杯、盆栽和蛋卷罐；它寬容得可以盛載任何年代——九十年代款式的電視機、上星期的便條、容祖兒唱片、小學獎杯和殘廢了的超級任天堂。它比剛才經過的垃圾房稍為美觀一點，有畫了花紋的玻璃和隱藏的抽屜。

「剛才吃飯每人要多少錢？」阿蕙向我們擲來濕漉漉的廁紙球。

你撥開廁紙球，義正詞嚴地說：「我請客吧！」然後對着電視廣告發呆。

小器、自私的你只有吃飯才顯得慷慨大方。薪水你老是不夠用，又常常埋怨上司苛刻、同事混帳，忍氣吞聲是為了等待轉工的機會。平時你省吃儉用，菸向同事討、唱片問朋友借來翻錄，迫不得已才有最低消費：逢星期二、四買幾注六合彩、鬼鬼祟祟買「新」的盜版光碟。十多年了，你在外邊吃飯吃得厭了，有時啃幾片麵包又當一餐。中學畢業後我也在外邊吃飯，你笑說我們同樣來自「模範（無飯）家庭」。平時你寧願到樓下的快餐店吃牛肉漢堡包，也不想大費周章煮雞蛋火腿快熟麵。我想起許多年前，外公日曬雨淋、辛苦耕種只為了晚上吃幾碗白飯、喝兩口玉冰燒的情景，但你連這種心態也失去了。

待你轉過臉去，我才敢偷看掛在牆上的相片。「要不要喝汽水？」我好像聽到她說。

直播開始前，我們無事可做，你邀請我參觀你的房間。說是參觀，其實是在房間門口張望。衣櫃、雙層床、電腦桌佔去百分之九十的空間，剩下的一成被你佔去。你在漫畫、雜物和紙箱之中勉強轉身，介紹與你有關的東西（是你哥哥的，你便喚作垃圾）。床上堆滿雜物，你笑說睡覺便把它們推落地上，睡醒便把它們搬回床上，而被子就吊在床沿當帷幕。你攀到很高的地方打開櫃門，幾本書如山泥傾瀉般掉下來，當中有預科實用文寫作指導。你說藏書之中這本最有用，以後寫求職信要參考參考。我最好奇的是貼在你床邊的陳曉東海報，但你沒有多作解釋，反而得意地展示你珍藏了好多年的超力電磁俠模型。房裏日久失修的電腦只是陳列品，我想幫你修理，你一口拒絕：「反正有空便溜到街外，電腦可有可無……」我忽然想問你有沒有黃色刊物或三級鐳射光碟，想因此證明一些甚麼。你關掉房間淒冷的黃燈，走向大廳的魚缸餵魚。

回看漆黑的房間，我好像看到一個女人的影像。偶然你的家會多了一個女人——你哥哥的女朋友，而且是不打算娶的那種女朋友。你埋怨哥哥帶女人回來佔據你們共用的房間，雖然他三番四次找藉口駁斥，但你用一個理由便推翻他：「家裏不准有不正經的女人！」你哥哥的女朋友老實不客氣，污衣丟進洗衣籃讓伯父洗。你大吵大嚷抗議你的衣服和陌生女人的混在一起洗，但伯父總是不吭一聲，為十年難得改變的生活多說一句話。我能夠想像伯父晾曬女性衣物的尷尬。

相對於你的哥哥（終於想起了，你哥哥好像叫阿沛），女人不是你沉迷的問題，你可以隨隨便便愛一個女子，又可以隨隨便便回復自由身。你老是太瀟灑，不肯稍稍遷就對方，吵一兩次架便分手。你說男人大丈夫不能婆婆媽媽，愛要爽快直接，決不拖拖拉拉。買花、送禮物、說情話都不在你的戀愛範圍。「無謂故意遷就，辛辛苦苦為了甚麼？愛要灑脱，說一不二！」於是，你前前後後丟失了六、七個女朋友，你說你過得比從前快樂，卻三番四次表示你因公司裏某女同事的冷淡而失望。

你捧出紙皮箱，笑說「有買趁早」。我以為你轉行賣盜版光碟，接過來一看，是幾本相簿和一疊疊亂七八糟的相片。已經霸佔了沙發的阿蕙翻得興高采烈，嘻嘻哈哈笑得面紅耳熱。你撿出一張你和三個女孩子的合照，指着其中一個說她是你暗戀的第一個女孩。我端詳那女孩的樣貌，組織着你的擇偶要求的種種可能。長頭髮、短頭髮？尖臉、圓臉？高、矮、肥、瘦？我望向身旁的阿蕙，知道我所猜測的都不是。你又半躺在沙發上假寐，我一幀一幀地翻閱你的過去：在泰國的沙灘睡吊床、在卡拉ＯＫ摟着女同事、在赤柱和舊同學燒烤、在中學的天台和老師合照、在公司春茗上接過禮物、在生日會上摟着阿蕙合照……

「喂！這張不可以看！」阿蕙搶過相片，再在盒裏翻尋，湊成一疊後塞給你。「喂，這些相片怎可以讓別人看！」你睜開惺忪的睡意，用手背抹一抹口角的唾沫，接過相片後走進房間。我盯着阿蕙，她沉默，鼓起她的大腮睨着我：「未見過靚女嗎？」我轉過臉去不住搖頭，她便把雜誌扔向我：「賤人！」

「誰是賤人？」我拾起雜誌擲阿蕙，她拾起之前抹手的廁紙反擊。

你站在廚房門口問我要不要飲品。我匆匆閃進廚房，蹲在電冰箱前一臉無奈：裏邊只有一些海味乾貨和幾隻雞蛋。我尋遍電冰箱只找到三罐飲品：兩罐檸檬茶和一罐綠茶。你說綠茶留給阿蕙，那麼我可以喝甚麼呢？你突然摸我的胸膛，捏一捏後說：「又結實了。」我撥開你的手罵你變態，心想你可有這樣對待過阿蕙？

阿蕙在客廳裏大叫：「蟲仔的妝化得很假！」說罷哈哈大笑，我們衝出客廳跌坐在沙發旁。我交叉腳倚着沙發看，你橫躺在地上看（一定黏上不少飯粒）。蟲仔是我們的舊同學，今晚我們聚集的目的，就是看蟲仔參加歌唱比賽，而不是看英格蘭足球聯賽。我們咀嚼着花生，喝檸檬茶看蟲仔跳舞唱歌。蟲仔表演完畢後，我們又重新沉醉於各自的消遣：阿蕙看雜誌、我看相片、你便回房小睡。

我發現所有相片只有你和你的朋友。朋友嗎？中學時代你已經把手伸進我的衣領，說天氣很冷要取暖。你問我你像不像梁詠琪？我不知怎樣回答，便說我比較喜歡陳曉東。你說梁詠琪和陳曉東是一樣的，但我說他們男女有別。整個中七，你就坐在我身旁抄襲我的功課（有一次你問我六合彩叫six what，我厭惡地答你是mark-six lottery，你娘娘腔地讚我是人肉辭典），在我耳畔唱《膽小鬼》：「喜歡看你輕輕皺眉／叫我膽小鬼／你的表情大過於朋友的曖昧……」還經常展示你錢包裏的陳曉東相片。對於你的舉動我覺得幼稚，但還就着不隨便發怒，直至你很變態地用雙手捂着我的臉叫我baby，我便罵你，甚至向班主任提出調位。你的曖昧令我毛骨悚然，甚至想跟你絕交。

結果蟲仔輸了，你說結果內定，嘰呢呱啦講了一堆粗言穢語，握扁汽水罐反問我為何電冰箱沒有啤酒。

「你說在家不喝酒嘛！」

你點點頭，聳聳肩，走入廚房喝水。我趁機凝望空中的眼睛：一切都無法估計。你可以和我喝酒，喝完後坐通宵小巴去唱卡拉ＯＫ。星期日睡到下午五、六時才起床，吃一頓豐富的晚餐，看一齣盜版電影，洗澡過後便重投睡魔的懷抱。想用糜爛來形容你，但我知道有人比你更糜爛。於你而言，糜爛可是一種生活美學。

問你爸爸何時回來，你說至少十一時。阿沛呢？幾天沒有回家了，天曉得他去了何處，可能三更半夜拖着女人回來，吃掉冰箱所剩無幾的食物，便到樓下的便利店買啤酒和花生——早上起來，整個大廳都是花生殼、包裝袋、汽水罐和糖紙……始終，一切都無法估計，估計只會增添煩惱。

整晚我們沒有談及近況，對工作和未來隻字不提。我們就着所認識的蟲仔東拉西扯虛構了許多故事。你打了個電話給蟲仔，講了幾句便掛線。你說他敷衍你，有了女人就忘恩負義。

末了你堅持要送我和阿蕙到輕鐵站。你從牆角的鞋叢裏撿出一對拖鞋，在飯桌上抽出一串鑰匙（鑰匙是何時放上去的呢），關空調，關燈，屋子又再漆黑一片，剩下神位的紅色和魚缸的紫色。

我們穿過悶熱的走廊等候升降機，呼吸着凝固了十年的空氣。如果每次回家都要忍受這種侷促，回家會不會太難受？我忽然想起，你的家好像沒有窗，我沒有看過樓下的風景。電梯緩緩上升，接近我們身處的三十四樓。電梯開門前我猶豫想說：「阿浩，你可有興趣來我家借宿一宵？」至少，我的房間用的是光猛的白燈，有可以上網的電腦——當我離去前再一瞥伯母的眼神，就覺得她會因我的邀請而高興——她一直觀察着我和阿蕙的到訪，就在魚缸上那一大片白色的牆上，十年來對着那張淩亂的飯桌卻不皺一下眉頭。

對話無多

我們的沉默如此冗長，如此混沌卻沒有沉澱的跡象。時鐘的秒針搔痛關節的傷口，那幾乎是沒有可能癒合的傷口，如何輕微的移動都會帶來拉扯之痛。摺枱和摺椅之間，偶然響起不順暢的呼氣聲，鼻子搧動着不可推測的言外之意。我盡量壓低咀嚼的聲音，而其實食物未經充分咀嚼，便被嚥到胃裏——牙齒和食物研磨的聲音太多餘了。瓷碟和筷子靜靜地接觸、分離。我們的沉默已經變種，那就是匿藏在這裏一條、兩條、三條甚至更多更多的壁虎。壁虎，用牠們狹窄的瞳孔觀看我們無言地對坐。

你垂下頭對着吃剩的半碟炒米粉哭起來。你因抽泣而顫抖，我不知道該如何反應。很想解釋但甚麼都解釋過了，如果你會聽的話我願意多說一遍，但這只會令爭拗分裂成更多無謂的細胞。可以給予一些安慰但你會扭動肩膊甚至乾脆推開我的手。想一口氣喝掉罐裏的檸檬汽水，卻發現罐裏空空如也。我只好低頭對着碟裏的油漬出神，下午的陽光照着陳舊的八十年代窗簾，氤氳着紫紅色像瘀血的尷尬，屋裏的一切都籠罩在這片紫紅色之下。

「不吃了嗎？」你的聲音如此隱約不明，像用意念說話。

「飽了。」簡單直接的話可以避免進一步的誤會，我想。

你板着臉收拾碗碟，捧進廚房努力地洗擦。水嘩嘩嘩地流瀉，猛烈撞擊碗碟，你令碗碟發生更激烈的撞擊——那是我們僅有的兩隻碟子，花紋可憐得淡如污跡，既不是花也不是甚麼可供欣賞的紋理。我開了收音機，一把女聲像氫氣球填塞了三百呎的空間，草率地給我們一點分隔、一點防禦、一點空間。眄視那張既飾演飯桌又扮演書桌的摺枱，盛着兩窪淺淺的水反射着稀薄的陽光，我差點想溜到外面跑步或索性去泳池游泳。我用手抹淨枱面後聽到你把碗碟放入櫥櫃，便急急返回書房做我該做的事。

書房靠牆的位置擺放着最平實的書桌：桌上有一盞枱燈和一部體形龐大的二手電腦，面向書桌的牆上釘了一塊水松板，上面釘滿月曆、通告、相片和信件。書桌後的角落捲放着一張墊褥，晚上把雜物搬到廚房，將墊褥鋪開，書房便變成睡房。我記得墊褥和碗筷在同一間家具店買，我們跟女店員討價還價力挽狂瀾才省掉幾塊錢，卻仍然興高采烈用省下來的錢買雞蛋。剛才炒米粉用的就是那些雞蛋嗎？為了一元半塊我們走遍附近的區域，專挑最便宜最廉價的貨物來買。為了節省開支我減少喝汽水，不吃甜食，見到喜歡的模型，學會欣賞而不擁有，要是按捺不住，只好哄騙自己待價錢回落才買吧。

我耿耿於懷以至失眠的，是那些音訊全無的稿子，但你不以為然，說到底寫作只可作為興趣不能認真對待吧。我送給你的書你放在書架最低最深的一格，因為生活真實得可以吧，廚櫃裏沒有快熟麵我們吃甚麼做早餐？靈感，於你而言是買菜的靈感嗎？生菜、瘦肉、鹹蛋、豆腐、粉絲……晚上能配成怎樣的菜餚？靈感要在沉默中內化和落實，要在沉默裏顯影——平實的生活，要調校最輕的份量，好讓我們能夠出外走動走動，見證淡積雲飄移轉化。近來你說我常常若有所思，而我實在無法停止思考，就算洗刷馬桶也想着如何貫通論文的章節。最忙的日子是我思考的日子，思考是不能止息的改變。

我抖擻精神，重新專注接駁插頭、設定伺服器、安裝程式、測試軟件，要將電腦接駁網絡。過程重複數遍，電腦仍未能撥號上網，我只好從頭到尾檢查所有微末的選項。

累了打個欠伸，發覺你凝視文件很久也沒有移動，表情是灰白而寂靜的。我走出來輕拍你肩膊：「功課……忙嗎？」

你繼續漠視我，不回答、不點頭或搖頭，連輕視的眼神也吝嗇。我怕你再哭，或者惹來進一步的憎厭，說一遍我該說的話便回房裏去繼續安裝軟件、設定程式。我有意無意偷看你的舉動，你呆呆盯着那幾頁紙，偶爾放下文件去喝水，然後返回同一位置凝視文件，玩弄螢光筆。你的冷淡只為了昨天我買了電話線後沒有來看你？這會是冷戰的唯一原因嗎？

我長相愚鈍，我言語乏味。我熱衷工作，我喜歡建構精緻微小而內容複雜的世界。我喜歡偏門的事情，我不愛爭先恐後。我愛獨處，我要寧靜的空氣和書本。若你認為我太沉迷，被工作壓倒失去自我，那麼我如何解釋創作的深邃呢？專注於某一種事情未必是疏離的前奏，若有所失和長久的沉默是自我營造的恐懼。愛情不能被知識解構，但知識幫助我們認識自己。你的表情告訴我，你非要把事情弄得一清二楚不可，你還在計較誰犯了錯要向對方道歉。

接駁程序屢試屢敗，我決定丟掉故意化簡為繁的使用者指南，自行決定組裝的程序。

此後的大半個小時我在書房對着電腦默不作聲，你在客廳除了對着文件轉動螢光筆外不再有任何動作。屋裏只有電腦機件運作的聲音，還有收音機播放的微弱報道。

電腦熒幕終於彈出「線路繁忙，等待重撥」的方塊，數據機撥號的聲音雖然單調但令人吁一口氣。下午四時多，我漸覺肚餓，但房子的淒冷使我頓失食慾。等待連線期間，我閱讀別人的論文，文字和光陰並行溶化。燈下白色的紙頁容易令人疲倦，可是論文的電腦檔案沒有增添多少精警的語句，游標仍在原處閃動、閃動。

倏爾傳來連串奇怪的機器運作聲，瀏覽器自動開啟載入內容豐富的網頁。雖然速度略慢但真的連線成功了。

我很想衝出書房告訴你，但你伏在摺枱上睡着了。真的睡着了嗎？還是佯裝睡覺偷偷飲泣？我只好替你安裝基本的軟件令電腦的功能更全面。選擇指令期間，我想到節儉在我們生活裏的位置，例如我們不理睬街頭推銷的無限上網寬頻計劃，選用有時間限制的撥號系統。報紙是非常的奢侈品，兩份報紙等如十卷衛生紙。

去廚房喝水的時候，我發現鑊裏還有很多炒米粉。這半鑊炒米粉將是我們的晚餐，那種滋味翻熱後將變得焦苦吧。我愈來愈害怕我們的生活經常剩下一半，留待日後去消化分解。我想每次都能完全消磨，不留下掛慮，今次就是今次，別要延續到下一次。事情總圍着我們轉動，一切都太瑣碎，微不足道，是微末讓我們不想開口談話。浴室黴黑的霉菌瘋狂滋長，早已爬滿裂縫與邊沿——它們纖微，但製造的困擾驚人。

掀起垃圾袋的一角，一堆濕漉漉的米粉癱在上面。我伸手去掐雞蛋殼，將它洗淨，用布抹乾、握碎，加進窗台上的紫羅蘭裏。你說搬進來以後紫羅蘭漸漸枯萎，葉莖都垂下來。我送給你的小紫羅蘭也虛弱了不少，翠綠中欠缺生氣。雖然對着充滿陽光的窗，感覺卻是每天都在蒸發。很想跟你商議明年的計劃，如果我當上中學教師，除了飯盒，還有很多事情要打點，至少未來一年要將忙碌放在首位。不過，我想去一次長途旅行，趁我年輕可以捱餓，不介意擠火車來往於國與國之間。至於私家車，待我脫離十塊錢飯盒的噩夢以後再算吧。

現在電腦總算可以連線上網，我希望你的生活有更多課題，也感到世界開闊明亮。學習如流水般漫長，生活還有很多的抽屜尚未打開，我們要一起進步。日子還會顛簸不定，我卻記得在行事曆上寫道：「買鐵釘和碼子」，好等下星期我交了研究功課後，我能抽半天時間替你將電話線鋪好，從書房沿着門框拉到客廳的插頭。這是我樂意負擔的工作。

時鐘測量我們的憂慮如何冗長，如何頑強不滅、生生不息。你依然伏在摺枱上，我按亮書房的枱燈閱讀別人的論文。黃昏漸漸降臨舊區的小屋，附近傳來夾雜笑聲的卡通片對白，有菜刀接觸砧板的聲音。

西洋菜街的笛聲

沿着昏暗偪促的長廊步下樓梯，我感到肩膀很疼。在髮廊的扭紋招牌旁呆了好一陣子，才能插進擁擠的人流，回到滿是過江之鯽的西洋菜街。

商店招牌的霓虹光異常刺眼，映在行人的衣衫上，顯出綠的、黃的、藍的、紅的，各自一群。夾在人流中間，會聽到斷斷續續的話語，述說電視節目的情節、多角的戀愛困惱或一些瑣碎不已的事情……中型巴士在身邊擦過，壟斷了說話的主權後，又飛快地疾馳而去。逃避？除非繞過道路到達外緣。我嘗試繞另一條路拐過人群，避免在同一條路上擠擠碰碰。可是，路只有一個闊度，我無法越過平面走向另一個闊度。好不容易走到某一個邊緣，在十字街頭躊躇之際，清脆嫋嫋的笛聲從背後響起。不錯！是笛聲！我的耳朵還能區別笛聲與時裝店的流行曲。

我低頭一看，發覺笛聲來自電話亭旁一個穿藍色布衫的男人。他大概四十開外，下頷蓄着短鬚，盤腿坐在一張報紙上吹笛。地上沒有發亮的碟子，甚麼可以盛載東西的容器也沒有。我看，他不是行乞的，他的臉上沒有憂慮的痕跡。多餘的憐憫、多餘的悲情、多餘的眼淚都沒有施捨的落點。笛聲太幽怨了，如感覺劃過思緒的夜空，摩娑着髮鬢，令人想起停留在柳條上揮之不去的感情。他好幾次吹出長調子，用靈活的手按着洞口，逼出笛子裏抑壓着的不滿，讓它在空氣中比劃。然而，另一個穿着西裝的男人吐出一口濃濃的白煙，捕獲了所有行人的焦點。行人端詳白煙在肩膀間起落。難道笛聲比菸靄更卑賤？視覺享受比其他感官都要重要。大眾寧可看隨風消散的菸靄，看它扭曲、分開、澌滅，也不願聽落後、沉悶的噪音。笛聲？還不如那些拿着廣告牌的推銷員喊「免費」中聽。

行人過路燈還是紅色的「立正」信號。逃避不了的笛聲，使我手中的書倏爾沉重起來。細想這幾本書的來歷，怎不教人心酸？腦海中閃過朋友的書店有個向街的窗子，盡看西洋菜街的黑點如何來來回回。對面舊樓的一線天空篩下幾個破簷篷，灰色外牆長着褐色的鏽跡。汽車從大路拐一個急彎進來，行人匆忙四散逃避……從來沒有一個人停步駐足，穿梭之間有太多的起跌、悲歡。一塊玻璃，使我的精神離開軀殼成為一個審視眾生的旁觀者，高高的，享受着別人因擠碰而生的彷徨。想像，我嘗試想像每一個個體在終點前的拼搏，想像對視的過程中有多少的認識和略過，想像步伐之間有多少偶然和故意，然後歸結到發黃的歲月。好幾次，我都想一場急雨驟然降下，令這個窗子模糊一下，洗去我心中的罪疚。我以為，讓雨傘密鋪這個街角的風景，情況會好一點。然而雨始終沒有降下，雨傘沒有張開。我，重新投入河流之內，當一塊小石頭。

手心的汗烘焙出暖意，緊緊黏着書本。究竟是我的手涼了，還是書本的體溫上升？這幾本書跟笛聲會不會是知己呢？千百年前的文士，都會吟詩彈箏，把文學和音樂合流。書籍和音樂原是一體的東西。現在，音樂是演奏廳的客人，書籍是「束之二樓」的奢侈品。相對於消費者排隊購買的潮流玩意，它們都安靜，在被安排的位置守候着。吹笛的男人閉目躲在自己的天地——行人如常東走西拐，推銷員仍以商業術語哄騙過路的對象，學生拿着書單忙着買課本，青年人湧到店子買時髦飲品，汽車依舊吵耳……

過路燈的燈號轉為綠色的「行走」。我把書從左手交到右手，把汗揩在襯衫上。趕路的感覺教人想起那又長又暗的樓梯，蹬上去會喝嘍喝嘍地喘氣，汗水會漚得衣服有一股酸臭。為了甚麼呢？電影院有涼快的空調、購物商場有各種潮流新寵、大小食店有便宜的小吃，掏一兩張紙幣，保證得到愜意的享受。甚至買一兩本以圖片為主的雜誌，也夠消磨一個星期天，幹啥走進擠得窒息的西洋菜街，去找尋一疊裁得整齊、滿是文字的紙呢？朋友對我說，書店的招牌掛在大街上，要跟髮廊、美容院、時裝店的招牌一同爭奪途人的視線。事實上，細小狹長的招牌根本無法得到視線的垂青，很快就埋沒在霓虹的鮮艷之中。陋巷，本是顏回自足自適的地方，現在竟是文化僅餘的立腳點！一個幾百平方米的小房間，就是一種堅持、信任，甚至是抵抗。沒落，曾在你心頭繚繞不散，何故還殫精竭慮不肯罷休呢？那次你盤點書籍，弄得滿身汗臭仍然不亦樂乎，對着一串串數字談見聞，東拉西扯，說一兩個笑話，疲累如汗珠急促劃過你長滿鬍子的下頷。我忘了你說了多少個「謝謝」了！反正我聽到你雄厚的語調，以及年歲背後的堅持，我就覺得這不算甚麼一回事。「別人的輕蔑不要看成評語。」說罷你又再低頭整理書本。如果這條街沒有你這個微小的心願，也許，街上再沒有一個字跟文學有關。那麼，書店的招牌也沒有另一種意義。

我繼續向前走着。肩膀的痛楚沒有減輕。我想道：跟笛聲的相遇是偶然還是必然？那個男人沒有職業嗎？如果不用等候過路，誰會聽那些笛聲？書本跟笛聲有甚麼關係？生活和文化並沒有隔閡。西洋菜街是一條普通的街道。人人也在尋覓自己的生活模式。我在胡思亂想甚麼？

笛聲仍然在後面響起，調子拉長復又苦苦低吟。音樂，要跟隨主流；閱讀，要依從大眾的意向。我想起，書店門前的風鈴每次都搖得清脆，恍如遠遠和應着這鬧市中的笛聲。想着想着，我已走進腥風懾人的地車站，向着我的下一站進發。

藍天下的早晨

陰冷的日子，天空總藍得令人眩暈。瞇着眼細看，會看到大群透明的孑孓浮游不定。層次、深淺、質感全部欠奉，那種藍定睛細看半秒都會失去平衡，茫然的藍，悵然若失的藍，藍得搖搖欲墜，隨時傾覆。

我搖搖欲墜從玻璃門走出來，拐左就見到車房，修車工人擒着吐水的黑蛇清洗地面，沖出一道流瀉的彩虹。修理中的計程車、小型巴士被射燈重點照射齷齪的內臟，我想起醫院內科手術室。收音機的音量調校到極致，廣播的聲音快要倒塌，修車工人扯高嗓門喊叫：「扳子——扳子在哪？」水喉匠養的大狼狗在消防水龍頭旁吐舌頭，自稱南華陳伯的鑰匙匠在大狼狗的視線裏跟麵攤女店主談話，再往前走會經過新開業的網吧和酒吧，細看明星肖像的遊戲海報前，要小心突然左轉的汽車。

星期一的早上，街上年輕人甚少，穿灰衣黑衣的老人特別多。到處都有穿櫻桃色、合桃色背心的胖婆婆一踫一踫走着，她們直着喉嚨談話，聲音洪亮得相隔幾間店舖還能清楚聽見。馬路前是燒臘店，它是既好看又好嗅的店舖，它的燈泡不會因日照而遜色，燒味食物被照出一片油光，手執大刀的店員也被照得年輕健碩。空氣羼雜鴨鵝雞鴿豬幾種肉的香味，醬油的甜和薑葱的鹹互相抵消。最引人注目的是排列得井井有條的鹹蛋，白皚皚的睡在反光的托盤上，聽候午市顧客的發落。橫過馬路迎面是最封閉又最繽紛的地產物業店，寫着數字的螢光廣告貼滿玻璃，若不從門縫窺看便無法知道經紀的廬山真面。可以想像的是店內充斥空調的塵味與雪種味，甚至是死老鼠的味道。白紙、花紙、水彩、墨硯、蠟筆、文件夾、「舶紙簿」分門別類攔着行人，這是接連幾間文具店的推銷策略。途經這裏不期然會想起漿糊，近似飯鍋底層的冰冷酒味。老人走得慢，路面淺窄，按捺不住的人選擇走馬路和行人路的交界，以致送外賣的單車不時響號驅趕，更迫使非專線小巴慢速前進。

家具店的名字離不開幸福富貴的詞彙，滲透着小本經營的切實味道。櫸木鞋櫃和摺椅靠近雪白的店門，樺木、白木的雙層床、餐桌和衣櫃則摺在店中央，幾盆暗澹的人造花隨意點綴一下。店主不忙着拂塵，躲在店內幽暗的角落看報，關羽塑像佇立在寫字枱後、萬年青之上鎮守「城池」。我最喜歡經過茶餐廳，不論新舊它同樣玲瓏害羞：舊式茶餐廳的茶色玻璃阻擋視線切入，門外有專人負責麵包和蛋撻的買賣。「樓上雅座」開闢了菸霧化的桃花源，「不知有漢，無論魏晉」的茶客攤開馬報畫圈做功課。舊式茶餐廳蒙着褐色帶有牛油味的面紗，或許金漆大字招牌令人卻步，但它風韻依然、從容自若，菠蘿油熱咖啡是西式早茶的最佳拍檔。較為新式的餐廳，門面貼着各種套餐的內容和價錢，不時有店員站在門口逢人便說：「先生多少位飲茶裏面，麵包新鮮出爐奶茶咖啡早餐樣樣有。」的確，粉紅色的火腿、夾雜鏽色和米色的烘麵包、泥黃色的奶茶、翠綠色的榨菜……喚起途人的食慾是最有效的招徠。

賣冬衣、衛生紙、髮飾、內衣的流動攤檔佔去三分之二的路面，十字路口人車爭路，幽暗的小巷裏有吃雲南米線和餛飩的小店。散發紫光的是水族店，看報的胖婦身旁有血色小丘，魚缸內堆起一座巴西龜的山。水族店斜對面的遊戲機中心張貼等身大小的海報，虛擬的足球員作勢射球，然而世界盃過去了好幾個月，還貼着「最新推出」的口號。

唐樓的簷下有好看的東西，除了黏附在角落的鳥巢可能有燕子啁啾外，膠水桶、鮑魚刷、棉被、瓶子、花盆、掃帚、筲箕通通在半空旋轉飛舞。途人要俯身、側身閃避它們的舞姿，但它們愈轉愈低，差點要轉到途人的臉上。蓬亂是家具店的傳統，金屬、塑膠、瓷、布等等不同質感的器皿擠於店內，我看到鐵造的大鍋會打顫，看到藥煲會覺得舌頭發麻，看到海綿會嗅到洗潔精的青檸味。至於大肆標明結業的特賣店，店員對着米高峰喊得聲嘶力竭，減價口號像咒詛也像催眠，重複又重複。途人對此無動於衷，不屑細顧兩塊錢一件的貨物。

前路有個大洞，打碎的瀝青塊圍着小小的工地，行人必須繞道踩着木板而過。再往前走有鞋店，陳列着一尾尾黑色的小魚和小船，斷碼運動鞋瀉滿一地。上海理髮店的招牌旋轉着糖果紋理，參考造型照片在小膠箱內曬舊褪色。生存於夾縫中像銀行櫃台的鐘錶店和予人豆綠色感覺的私家診所則在視線盡頭。

店舖之間還夾雜一些入口。入口連接陡峭彎曲的樓梯通往舊樓及天台，飽經磨蝕的梯級凹陷，是幾十年腳步踏出來的微笑。入口旁不一定有報紙攤，但雜誌多數被橡筋繩拴着在木板上，報販則匿藏在入口暗處抽菸看雜誌。某些入口旁邊鑲有燈箱，裏面釘着咧嘴而笑的全家福或清秀可人的少女畢業照——原來樓上有影樓。生鏽得發紅的鐵閘不易引人注意，因為被修理沙發、通渠免棚、收買電器的廣告遮掩着。影影綽綽的唐樓住客推開寫滿傳呼機或電話號碼的鐵門便能走到街上，他們踩着拖鞋踢踢躂躂踱進茶餐廳。

中西藥房前是公車站，對面是掛着龜殼的涼茶舖。我跟在一個老伯後面，仰望對面大廈的鷹架和綠色圍網。花架早被攀藤植物侵蝕，窗外除掛着各式男女衣衫外，還吊着一籠兩隻頑皮啁哳的彩鳳。

無論從甚麼位置觀看天空的藍，都無法猜着它的形狀。初冬的藍令人感到舒徐，因為它令仰望者安於徒然和渺小，不再斤斤計較。於是我也不計較車窗是否開得太大，風是否吹得太猛，頭髮凌亂也沒有所謂，而熟悉這號公車特性的乘客，不介意它全線欠缺空調，對嘈吵的引擎和震蕩顛簸的車身從不多吭一聲。

青山道是半個破舊的圍城，陽光雖被舊樓擋了一截，仍能為朝東的街道帶來一片白色。重建的高樓逐漸填滿空隙，天空被托得更高，距離灰晝的日子不難數算，就像港島中西區獨特的景致。

車上只有寥寥幾個乘客，他們不是把雙手交疊在胸前打盹，就是舉起報紙形成一堵防護牆，流逝的街景沒有打擾他們，陽光只能速寫他們面上的崎嶇嶙峋。傾斜的光線由右至左飈抹車廂，將原有的顏色調得更淺。我坐在下層中間的位置讀書，書頁潔白無瑕，炭色的文字泛起金光，令視網膜有痕癢和疼痛混雜的感覺。讀了幾行，又望向窗外明暗遞嬗的風景，路上只有銀灰色的商店陸續拉起鐵閘準備營業。沿路沒有大型商場各式連鎖店，公共屋邨在外圍聳立，兩旁都是低矮的唐樓。

公車逐站停歇。老人和中年婦人挽着盛滿蔬果魚肉的膠袋上車，深綠色的大葱伸出白膠袋外搖頭擺腦。蔬果令我想起昨天的一場爭吵，幽暗的小屋裏只有一扇敞向陽光的窗，但窗簾太嚴密，外界的聲音太微小。擱在桌上的兩隻香蕉泛起梅花點，太像老人臉上的黑斑。爛熟的香蕉是屋裏唯一的蔬果，孤獨地相連苦笑，笑我太優柔寡斷、粗心大意。屋裏欠缺茄子、蘋果、葡萄、橘子、青瓜……為粉牆帶來生活的顏色。

就座的中年婦人喜歡談論市場的情況，哪一檔蔬菜新鮮便宜，哪一種水果合時好吃，不必過分留心都能知曉。麵包香竄入匍匐前進的公車，剛好在琳瑯而富貴氣的佛具店前消散。動作緩慢的老人，上車後安坐「表妹位」①掏零錢。他們的角子叮叮噹噹，湊足一元五角便卡嚓一聲倒進殘舊的錢箱。

某些星期一的早晨，我必須到青山道某醫院檢查膝蓋。每次覆診都讓我看到舊區的景象，看到舊區的人怎樣討生活——從前我坐車總是繞過青山道，斑駁的舊樓代表整區的印象，菜市場和副食品批發市場甚至象徵整個區域的功能。

公車拐入石硤尾後斜路蜿蜒不斷，多輛掛着學牌的輕型貨車在南昌街上蠕動。轉入歌和老街後公車拼命加速俯衝，引擎發出刺耳的高音。車身劇烈震動，老人緊握迸發銀光的扶手。陽光照遍低矮的屋頂，山下的中學操場有穿紅黃藍綠四色運動服的學生跑步。

我在另一所醫院的門前下車，車站對面是一個常綠的公園。我想像得到公車拐彎後如何駛過樂富和黃大仙：老人在失去質感的藍天下蹣跚星散，回家切洗新鮮的蔬果魚肉。

天空既不鮮艷也不昏沉，陽光偶然在鏡片邊緣製造彩虹。那種愜意，比躲在房間裏花一個周日下午播放喜愛的唱片更完美。好天氣是寬舒的重點，而環境會讓人釋懷。可惜辦公室是煉奶色的密室，不然看看藍天綠樹灰屋有助減慢近視加深的速度。

①「表妹位」——即「熱狗巴士」下層緊貼上車閘門的座位。聽說以前的車長喜與妙齡女乘客談天，而女乘客又愛坐車頭看車長駕駛。由於開車時與車長交談是違法行為，若被公司查問，車長往往指稱坐於該位置的女子是其表妹。

第三輯

（二零零四至二零零九）

宅男之初

任何事情都應該有個起點，即使未必有終點遙遙相對。利寶商場①的地磚我踩踏了二十年，看着它由白變灰，灰到滑溜溜，滑到破了，被掘起換上簇新而礙眼的。商場的店舖轉過幾多個租戶、賣甚麼貨品、店員的音容笑貌，我都記得熟。雖然這並非值得自詡的事，卻未嘗不可作為我落入宅男處境的註釋。

該由小時候的剪髮問題說起。

我家附近沒有小童理髮店，老媽聽信街坊介紹，每隔兩個月就帶我去車程需要半小時的麗寶商場剪髮。上海理髮舖的旋轉招牌夾道迎送，每次都令我頭痛欲裂，故此輪候理髮的隊伍裏若有光顧「全套」的老先生，免費《牛仔》也無法把我留住。我索性跟師傅掛號，跑到樓下麵檔吃加菜脯的粉仔，或到對面的利寶商場消磨時間。

如果當時老媽懂得理髮，又假如當時開在利寶商場的是書店，也許我現在是學者或作家了。商場二樓賣的是模型、二手漫畫、電玩、電腦，正正是十歲孩童興趣所在。四驅車熱潮最高漲時，模型店外有大批小孩排隊等候，盛況媲美中環名店減價清貨，不也是有一批人忠心耿耿等候朝聖嗎？

商場屬八十年代格局，牆和地貼上廉價瓷磚，用格子磨砂玻璃做窗。因為通風差，時常霉味氤氳，令樓梯轉角的大垃圾桶格外明目張膽。偶有愣頭愣腦的傢伙翻垃圾桶，他們不是拾荒，而是錢包被小偷扒了，想碰運氣拾回被棄掉的身分證和輕鐵月票。

商場生生不息地開着青春期男孩子最喜歡的店舖，店舖像野草，榮枯無隙、交替頻繁。每日放學後，那裏雲集不同中學的男生，忽爾無分級別，在店裏尋覓心頭好。男生頂着熾熱的射燈，流着汗凝神注視櫥窗的陳列品，這呆相讓誤闖「聖地」的外人大惑不解。其實商場裏大至一部電腦、小至一個匙扣，不啻是精神的榴槤香，不喜歡的直罵臭濁不堪，視為邪魔妖物，我老爸就是其中之一。

縱然「雖小道必有可觀者焉」，精於畫公仔、砌模型的我常成為製作壁報的中流砥柱，但我跟同學的關係淡薄如水還是不爭的事實。他們不看《A Club》、《機動世界》[2]，如今貴為醫生、會計師和建築師的他們，當年小息時捧讀的是英文文學名著，我偷藏在書包裏的卻是與考試無關的《Exam》[3]。職業和成就，大抵在這瞬間分出高下。

其實動漫、模型和電玩熱潮有興衰起落，要從中抽身可謂易如反掌。但自甘冥頑不靈、亦步亦趨，就叫作繭自縛——我老媽如此說。無藥可救的我愛逛利寶商場，在互聯網興起之前，風雨不改每周去更新情報，結果逛出怪癖來。我眼中的模型店像圖書館，木板釘成的櫃裏塞滿數目可觀的模型，即使分門別類也密密麻麻，一盒盒等候有人寵幸。盒的美術設計極其精緻，導人幻想完成品的模樣。店員沒有治我這種幻想家的方法，好歹是客人嘛，說不定哪天傻得買一千元的模型。買模型有個慣例：店員把盒子反轉，用刀片破開封盒的膠紙讓客人驗貨。在我眼中這是極神聖的儀式，像表明：模型給你看過五臟六腑了，你要讓它復活重生。如果書癡惜書被視為雅事，模型癡可否被一視同仁？

電玩店拉起大閘，各種電子音效就會湧出來：來福槍上膛、賽車急剎停、恐龍怒吼、太空船爆炸、喪屍嗚咽……人迷迷糊糊被吸引過去。戰鬥機、勇者或賽車，在高手操控下來去自如、遇敵殺敵，就是一個故事、一次演出。商場裏好幾間電玩店連成一線，就似連環電影院，所以那是商場最難通過的位置。看人家打機切忌如癡如醉，否則錢包有可能出現在垃圾桶裏。

二十年來，世界大幅度變化，dos、五吋磁碟、Boy London、超任、街霸……淘汰得徹徹底底。租戶亦隨潮流起跌換來換去，當然有長青老店靠賣模型或二手書刊屹立不倒，也有賣明星相片、水母、飾物的短命種只捱了一兩個月。

頗為經典的是由一對夫婦經營的扭蛋玩具店。扭蛋玩具呢，一套串在一起，若干串紮成一束，一束束用S字鈎懸在天花底下。日子有功，店面被遮住了，烏燈黑火的，錯覺這家店是全層最殘舊的。懸起來的扭蛋說像面紗會嫌滑稽，像灌木叢又覺凌亂，只恐怕撥開這道屏障會跳出獅子。從前的而且確有「獅子」鎮守的，有誰光看不買或講價都會被厲聲斥罵。可是再強的陀螺也有乏力歪倒的時候，哪有不老的人呢——那次買扭蛋給小表弟，我聽到一個虛弱的聲音：「先生，不好意思，我走不動了，勞煩你過來付款。」這聲音是屬於「獅子」的，多年來躲在扭蛋背後，不知不覺垂垂老矣，也提醒我自己已屆中年。

利寶商場下面是街市，瓜菜蔬果、活雞魚頭不可能有甚麼潮流，我覺得跟商場販賣的玩意相映成趣。十年如一日的街市是生活的必需，唐生菜三元一斤、豆腐兩元一塊、雞蛋八毫一隻……吃一定是人生最基本的需要。旁邊的商場，拾級而上有更易頻仍的光影和玩意，卻與現實關係疏離。除了一室模型漫畫，這些年來流連利寶商場亦非一無所得吧——經過二十年的觀摩與練習，我設計了一系列鐵甲人，畫了一些圖畫，寫了半部小說。是的，我一介宅男，寂寂無聞，但作為偶有佳作的業餘插畫師，某些作品，也曾感動過為生活疲於奔命的人。

① 位於屯門的舊式商場，區內潮流玩物集中地。

② 動漫、模型雜誌。

③ 漫畫周刊。

博愛醫院的大樹

步出一號診症室，我幽幽地摺疊着覆診便條和驗血表格。如我所料，長凳上母親坐姿端正，臉上掛着似是木然的泰然，看來早就不打算開口詢問。

聽到電視機播放卡通片，就知道下午匍匐到甚麼時候。蹲在電視機前、倚着婆婆，或在走廊上奔跑的小孩，都張着嘴巴大聲附和卡通片的對白。這些從附近圍村來看病的孩子不像抱恙，他們會否把看醫生當作一次難得的出遊？大片空間泊着許多輪椅，老人院的職員扯高嗓門和癱呆在輪椅上的老人說話。喧鬧裏，醫院應有的酒精味、藥味、漂白水味，都稀釋得淡淡的。

說實在真的不像醫院的門診部——倒像一個白色的小藥箱，內裏只有紗布、三角巾、紅汞水、凡士林、探熱針……遠望着、用不着時，還有點點安全感；可真的需要時，就覺得不足了。

推開玻璃門，世界遽然肅穆，飄散着沙泥和草葉的氣味。乳酪色的陽光大大咧咧的，曬得醫院的走廊和牆壁都很明淨。工地裏綠色的圍網、灰色的鐵板，霎時間都一塵不染，鮮明刺眼，襯得未建成的新大樓很有時代感。

鳥鳴時遠時近，空靈，沉寂。一下沉重的呼吸，胸口一鎚的痛。

二零零五年夏末的一個傍晚，我和母親在那棵樹的陰影外。

因等候和沉默，又沉進了回憶。

小醫院——這個不準確的詞，不準確地形容着博愛醫院。它很「小」，但不「醫院」。它只有門診部和療養院，規模小、設備較落後、交通不便……如果從輕鐵總站走路過來，最快也要十分鐘。汽車駛過三號幹線，很難察覺到醫院的存在，西鐵更是一閃而過。

在那棵樹的陰影外，母親吩咐我找608或是806的小巴站。她記不清小巴的號數，總之是8、0、6的混合。

醫院這麼小，要找該不困難。修葺中的醫院到處都有指示，可偏偏沒有指示小巴站在哪兒。尋尋覓覓，都是工地的圍板、臨時通道和用木板封閉的門口。

最後，憑直覺和記憶，我們在一排長凳附近等候。我們都認為，小巴終會停在這裏。因為那棵樹。

沒想到，因為我的心跳問題，我們又回到這個久違、不想到的地方。

很久以前，我們站着的地方的確有一個小巴站，仰看對面的建築物，就會看到外公長期留醫的病房。

那個小房間陳設簡單，很有點戰地醫院的感覺。天花掛着很大的吊扇，旋轉着搧出一點微風，規律的節奏迷惑着病者的眼目。兩張鐵床分靠在牆邊，床前各有一扇窗子，像電車那種向上推。寧靜像大隊的螞蟻，從房間走開去，先是隔鄰的房間，然後是走廊、樓梯、各個樓層……因此，我聽得到外公和其他垂垂老矣的病者沉重的呼吸和呻吟。

療養院有它本身的味道，即使刮來大風，都沒法子吹散。這味道，使寧靜更加可怕陰森。外公身上的氣味也愈來愈濃烈，我、母親和外婆都為之蹙眉，那是一種逐漸腐敗的味道，我腦裏閃出「瓦解」這個詞。躺在床上這乾癟如柴枝的身體，最終會散成碎塊嗎？這時候，外婆掰開鮮橙，用橙皮刺激的感覺、汁液的甘香來中和恐懼。

外公的牙肉因為太久沒刷牙而敗壞，變紫而發霉。他無力咀嚼橙肉，我們乾脆把橙榨汁灌進他的嘴裏，然而，橙汁的酸，又使他敗壞的牙肉滲出血水。混和唾液、血水的橙汁，流過外公的臉頰滲進灰色的枕頭裏。

母親和外婆都哭了。

大樹的葉片在沙沙共鳴，這聳動的聲音從來不變。大樹像搖頭甩手，問我可還記得它。我覺得心跳又略快了，隨呼吸而隱隱作痛。忍着痛吁一口氣，回望母親一眼，還很木然。

她的視線也停在那白色的窗簾上嗎？穿過窗廉，帷幕、地板、天花、吊扇……和時光，記憶的光影在白色上游移，形態像汽車、麻雀、蚊子，和樹影。

那棵樹，不難想像已經成為外公有限視野裏、昏睡之外唯一可見的活物。這種隨處可見的老榕樹他不會陌生。當我站在床尾推測，從躺臥的角度只能見到密麻麻的葉片和篩過的陽光。

榕樹的葉片常綠，不隨季節而變化。因此，我曾經認為這大樹有邪氣，吸收了醫院裏某種的精華而茁壯生長。後來，我覺得栽在醫院的樹都有點邪，甚至早已不是樹，是妖。醫院天天都有人離世，送走了，又推來了另一批，全都是連指頭都無力提起、眼皮眨不動的老人。

那時候站在床尾，除了樹葉和依稀可辨的枝椏，就是那綠色頂的公共小巴，806或608，又或者不是。不過，顏色都很碧綠。

碎石掉落的聲音如騎兵衝鋒，所有人都抬起頭，雙腿微屈做好逃跑的準備。工地高層又傾瀉垃圾了，時有崩塌的錯覺，可一幢簇新的大樓愈見輪廓。

時間一下子又回到原速，a tempo，甚至有點allegretto。

我們都不禁後退，並意識到這裏已不是從前那地方——過去，因偏遠而安寧，因細小而冰涼。由於舊建築沒有拆掉，所以新舊對比愈來愈明顯。大樹靠攏在舊建築之內，理所當然的沒被砍掉。我討厭大樹這份囂張，它像一頭蜷縮的綠獸，瞇瞇眼的笑。

靠近這綠色的獸，讓人感到冰涼。那年，三月天已很有熱勁，衣服的袖子經常要捋起。然而當下了小巴，進入療養院的走廊就覺得冰涼颯颯，要穿上外套——一幅幅貼在雲石上的黑白肖像，不知是生者還是死者，那凝止的目光和緘默的雙唇令人噤聲。每次，我都捧着書邊讀邊走，高考快來了，壓力大，心情又不太好。但走過樹影和曲折的走廊來到外公面前，用手接觸到他乾皺的皮膚就覺得自己卑微極了。書本，放回背包裏丟在凳下。在他面前，知識都不重要，讀大學都變了塵埃小事。

看着外婆扭濕毛巾替外公抹身，就覺得時間過得特別快。幾天不見，背上瘀黑的面積又擴大了。到底，有多痛呢？外公只有吐氣、呻吟。

每次我都呆站着不說話，看外婆很勤力地掰橙、榨汁，動作麻利，但不多話。

日光西斜，療養院被樹影所罩，陰冷淒涼。

其後有一段日子，我很怕吃橙，整天都覺得寒。

沒有小巴來的徵兆，日光開始暗澹了。

我婉轉地重複醫生的話，母親還是神態自若：可說是漠不關心，但又似是因放心而毫無反應。

生老病死，母親已認定是冥冥中所註定。她說近年我們一家先後生病，都是家居風水不好，或是惹了小人。尤其是我，是個外強中乾的傢伙，不時要吃藥、覆診和檢查，母親已經麻木。生死都由不得自己，擔心也於事無補。

母親曾經跟我說，外公逝世前一天，她離開病房時，外公的眼神比平時古怪。雙眼凝着淚，不眨一眼，好圓的瞳仁。她說，假如知道那是臨死的眼神，必定不捨離去。

死亡前一天，時間是怎樣前進的？蚯蝓還是飛鳥？腦裏響着的是回憶圓舞曲迴環不止的主旋律？

再後來，二姨說，鬼差通常是凌晨四、五點來鎖人的。早上護士開燈工作時，外公已沒有了心跳。

心……跳……一種生的象徵和形式。

今天，我心跳時快時慢的問題，暫時還不用擔心。醫生叫我照常運動，只要心絞痛的時候馬上停止。運動中猝死，萬中有一，他認為我不會是那個「幸運兒」。

曾經以為，我這次死定了，當整個下午心臟都想衝出胸口，當急症室的醫生替我做那麼多的檢查和化驗。然而，又沒有那麼嚴重，我還好好的站着。

我看到博愛醫院那棵大樹的繁茂和翠綠，在風中滔滔細語，嘲笑着搖擺。

它好像在說：「你不會死得那麼容易，嘿嘿。」

我終於在廁所外面發現一個生鏽、屈曲的小巴站站牌。然而，怎樣看都不像608或

806。886？668？都不是。

風在搖晃着大樹，收斂了日色。

鳥兒聚在樹上，疲倦的叫。

心跳又徐徐放緩，回到原速。

八年了，距離那段嗅到橙味想嘔的日子。

我和母親，冷漠地繼續等待小巴接我們離開。

白

難得F的助手終於接聽電話，我急於確認訪問的細節，很自然便忘記向服務員多要一份餐具。捧着那盤熱氣蒸騰的焗意大利麵，我看到Sai在座位裏托着下巴幻想。今天，她穿了一襲質料上好的杏色長裙，把頭髮攏到腦後夾好，塗抹了一點眼影和唇膏。

我們只買一客意大利麵，不是要節儉，而是我沒有食慾。近來完全沒有胃口，腦裏常常翻滾着F的著作要怎樣製造，而心裏着實覺得那是出賣尊嚴、賤賣創作的事。如此不安只為了討生活，但為了生活，不得不完成工作，又不得不再一次勉強自己放下身段——每逢想到「吃」是生活的一部分，就很有罪咎感。

「你慢慢吃吧，我不吃了……」我謝絕了Sai分吃意大利麵的好意，懶懶地歪着頭看快餐店裏的人。閒着無聊，我在她的熱檸檬水裏加糖——砂糖下沉，在杯底堆成一個閃着亮光的鑽石小丘。不知怎地，那些小小的閃光今天誇張得刺眼，令人顫慄。

Sai用叉攪拌着麵條，繼續從上午延續至今的話：「阿畢說，從籌備婚禮，到拍結婚照、租車、租場地，加上擺喜酒合共用了十萬多元……」

我點點頭，雖然不耐煩，但還是溫柔地叮囑Sai把握時間吃午餐。

初冬午間的陽光刺眼但不暴烈，將半間快餐店曬成白金鑄造一樣輝煌。一切恍如過度曝光，白得連輪廓都有點模糊，令眼睛好痠。我想，一會兒阿畢的禮服必定很白，他的牙齒也很白，在潔白的教堂前令人目眩。

阿畢是Sai的同事，我其實不認識他的。如果可以，Sai一個人去似乎較合適，現在則以「視察環境」、「偷師取經」為理由，把我拉到半山的那間教堂去。

快餐店真的熱得有點過分，我脫下西裝外套，稍稍修正坐姿，令西褲沒有繃得那麼緊。早就應該買新的西裝了，但因為少穿，薪水又不夠用，才被積聚在腰股的脂肪弄得狼狽不堪。假如阿畢不是Sai珍重的朋友，我想穿襯衫牛仔褲便算了。

Sai在咀嚼，但明顯心不在焉，嘴角有一抹櫻花的微笑。

愈來愈多食客在快餐店裏走動，服務員忙於透過廣播呼叫食客取餐。我托着腮，漫然觀察別人的食相。漸漸，我的視線被一個緊緊拉着上衣領口的男人吸引着，他步伐遲緩、目光散漫、頭髮蓬鬆，微彎的項脊令他看來不尋常。我看着他像鯊魚一樣小心游弋，追蹤他目光接觸的人和物。

巡視一圈後，他的行為變得離奇，故意在非通道的空隙穿過並停頓下來。他穿過我不遠處那個座位的時候，我看到他黑色風衣下的破舊牛仔褲，滿是油漬的褲管下，灰白色、腫脹的腳掌踩着一雙扁得像魷魚乾的人字拖。當他穿過我的座位，我用獅子一樣的眼神睨着他，他急忙躲開不敢靠近。

低頭吃意粉的Sai不知道發生甚麼事，還責怪我東張西望：「喂，皺甚麼眉？跟你說話，你就唯唯諾諾。我問你，剛才我說甚麼？」

「十萬多元嘛，」我盡量回憶，「阿畢嘛，結婚相片在……在黃金海岸拍的……」我支支吾吾。

「錯呀！」她眉心皺出一道深坑來，「你的心飄到哪裏去了？每次跟你說正經事，你總是心不在焉？」我想，我漫不經心的模樣，必定令Sai很生氣。

可是，我實在沒有閒情和精力，去管別人用多少錢結婚，拍了些甚麼照片，婚後住在甚麼地方。大學畢業後，我被迫將生命的八成用於工作，無暇，亦無心去照顧一些很遙遠的事。我經常心不在焉、答非所問——你問我將來會否讓子女讀英中，我會反問你喜歡《Keroro軍曹》的Tamama還是Giroro；問我會在哪一區置業買樓，我會感嘆艾慕杜華許久沒有新作。難得放假，我會睡個飽才拎起魚竿去東涌人跡罕至的石灘釣一個下午的魚。看着海面的閃光，享受自然的和風，不期然想到的問題是：「要不要轉工呢？別的公司也有相同的情況嗎？一動不如一靜，以不變應萬變？哪裏有不刻薄、愛才的上司？」對岸飛機升降起落，記得曾經想過出國留學或生活，但轉眼成了幻想。Sai討厭釣魚，固然是嫌沙蟲又臭又醜，也嫌我看着飛機和海水也可以木訥一整個下午。對着她我愈來愈沉默，但願一切都是我敏感和多心。

同學和朋友都陸續結婚，致使「適婚年齡」這四個字令我覺得好混亂。起初我還熱心出席他們的婚禮，但熱情融化得奇快——往往耗了一整天，都不知道那天自己做過甚麼有意義的事，即使倦極但內疚感會令我失眠。然後，覺得自己愈活愈內疚；愈想令自己好過一點，愈是被殘酷折磨。逃避問題時，我愛把西鐵當作日本的JR來坐，緬懷在日本旅行的時光，但Sai覺得我有妄想症。

其後，交情不深朋友的婚禮，胡亂編個藉口推掉就算；推無可推的，就採取遲到早退的策略，縮短無聊發呆的時間；若要出席，堅持獨個兒去，免得Sai遽然提出難倒我的深奧問題。結婚及其相關的事，在我有限的時間和精力下相對地變得模糊，我寧願入戲院或游泳池，從影片和涼水中尋找興味。

「阿畢說，阿婷是他朋友的表妹，也算是一見鍾情。拍了兩年拖就結婚了，求婚時特地租了一輛裝飾着彩燈的電車……」談到別人的浪漫史，Sai就眉飛色舞，茄汁黏在唇邊都不知道。

「租電車這一招被阿畢用了，我可傷腦筋……」我一面陪笑，一面盤算着要不要辭職轉工，並留意着黑衣男人的行動。

Sai的臉上泛起幸福甜蜜的笑容，眼裏浮現憧憬的漣漪，一圈圈向我擴散過來。我知道，她對我們的將來有不少期望，浪漫程度遠遠高於我能想像的。

然而生活裏無法預測和想像的事多得不可勝數呢——朋友結婚的喜帖就像冰雹，要來就來，毫無徵兆；打在身上很痛，喊出來又怕人家嘲笑。畢業後我跌跌撞撞，學習接受各種不公和不滿，對薪水超低工時超長作出妥協，唯一的好處是不用交稅。別人問起我的工作，我感到尷尬難以啟齒。一旦說出來，對方總是搖頭嘆氣，滿懷憐憫地拍拍我肩膊。

Sai不止一次問起結婚的事，每次我都用別的話題作出攔截。我意識到自己曾經引以為傲的寬容和忍耐已經生鏽剝落，眼神變得冷峻猜疑，一點都不友善了。深夜下班坐公車時，我雙手發抖，虛脫的身子斜靠在座椅上喘氣。戴上耳筒，用聽不明白的日本搖滾樂令自己陷入更昏沉的混亂，就像誤入混濁水域的潛水員，前游時腦袋一片空白，卻別無他法。只有周日的美好陽光把我揪上水面，弄得我汗流浹背，像一隻瀕死的水母。

「喂，你閒着無聊，替我double check教堂的地址吧，免得坐錯車會誤時……」Sai說。

我仔細閱讀請帖上寥寥的文字，指頭無可避免沾染金粉，在閃閃發亮。我嗅到請帖散發出來的淡香，憶起母親的一句話：「男人總得成家立室……」母親說這話的時候，喜孜孜收下我交給她的餅卡。今年第五張了，即使不去喝喜酒，即使那是泛泛之交，人情也得託朋友帶去。

黑衣男人在我斜對面的位置停留了很久，重新引起我的注意。我牢牢盯住他的手，只要一碰上別人的手袋或外衣，我必定會站起來喝住他。然而，他把兩根指頭放在嘴邊輕咬，目光徘徊在小孩子不情不願地吃着的豬排飯上。小孩用鐵匙敲打着金屬盛器，這聲音，和我鄉下老祖母每次餵狗前，用鐵兜敲打門檻的聲音一模一樣。小孩的父親發現了男人，放下馬報，像狼一樣瞪了他一眼，轉頭吩咐兒子趕快吃。

我開始明白這是甚麼一回事。

「喂，今晚你真的不去嗎？阿畢的婚宴……」Sai 咬着叉子，揚起一雙修飾過的眉。

想起婚宴裏吃到的食物，我就覺得胃脹難受。童年時常盼望有親戚結婚，只消有耐性陪父母呆坐到八時，就可以吃到豐富的食物。母親總會叫我吃清碗裏的魚翅，嚼清楚鮑片的味道，離開前不忘拿些甜橙和炒飯。現在我對珍饈美食失去興趣，吃只為了生存。以前只消陪着父母呆坐，讓長輩摸摸頭髮、禮貌地微笑就盡了本分，應得盡情大吃。長大後，朋友的婚宴是個不折不扣的應酬場所。朋友激烈討論的，不外乎汽車和物業，女人和賭博，關心對方的工作和入息……還有甚麼值得我們用一個晚上詳細談談呢？

我撫摸着手上的指環，為它的位置而沉默不語，想起公司附近花店的小盆仙人掌。我常常被那些仙人掌吸引，想把它放在辦公室的電腦上作裝飾。可是最終對自己的誠意欠缺信心而作罷，即使它是一盆十元八塊的植物，但我認真對待如同我和Sai的將來。

一晃眼，黑影掠過。

父親拖着孩子離開的時候，事情的發展如我所料——男人迅速坐下，毫不遲疑地用小孩用過的勺子吃飯，豪爽地吞嚥着。清潔大嬸已快步趕來，只來得及收去父親那個餐盤，卻不敢挪動男人面前的食物。一知半解的食客用奇異的目光觀察着他，而他只顧着眼前半塊咬過的炸豬排。為免驚動其他客人，快餐店的經理離遠觀察，並在清潔大嬸耳畔說了幾句。

我直視着他吃飯的過程，頓然，「吃」在我面前變得原始和迫切！辭職信早就準備好了，只要簽名遞給經理，我就不必再理會F的訪問。但我自知本身的能力有限，不敢貿然放棄現有的工作。我維持着的生活模式像墨子，信奉節用和非樂，目的是要儲錢支付進修的費用——可是回頭想，進修是為了甚麼呢？就是為了保住現有的工作，要吃飯。

深深呼出一口氣。我調整一下坐姿，令褲子不會顯得那麼緊、那麼短，襪子的顏色不會那麼礙眼，皮鞋不那麼陳舊。

失業後會在惡性循環中遇溺嗎？為了吃，要在快餐店的天空當一隻兀鷹，盤旋着等別人放棄食物，然後飛撲而下……那時候要想的問題簡單得多了：要吃，要填飽肚子。沒有剩飯吃的話，唯有清晨在餐廳門口偷菠蘿包，或者夜晚拾街市菜檔丟棄的半腐爛瓜菜——我竟然開始籌算了。

「如果……如果，有一天我潦倒得要吃人家的剩飯，你會嫁我嗎？」我垂頭喪氣的問Sai。

Sai放下水杯，噘着嘴問：「你真怪，明明談着婚禮的事，無故說到別處去……」

我覺得自己的頭顱已移植到那男人身上：毫不羞愧地啖着別人咬過的炸豬排、啜着別人嘴唇碰過飲管的是我——口腔裏突然湧出食物的口感和味道！我拿起桌上的檸檬水就喝，幸好，還嘗到酸澀味。

「你怎麼會吃人家的剩飯呢，沒可能……」Sai抹抹嘴。

說不定……辭掉工作，就能為理想而活？欠缺生活費，還得找兼職幫補，何況我是長子？兼職的工作量沒有全職那麼多？誰都說不定。做着兼職就有時間、精神從事創作嗎？又說不定。寫出來一定有回應嗎？恐怕未必。能夠寫到多少歲呢？最終有多少成績呢？可能很快見底。將來填寫履歷表時，有甚麼可以寫呢？說不定，說不定。

這一刻，我連未來半年身處怎樣的工作間，工作時手握菜刀、鋼筆、駕駛盤還是滑鼠都不知道，何來力氣咧嘴而笑，像阿畢風光地當一回男主角呢？白色的婚禮，白色的禮服，白色的蛋糕……遠遠近近。

我的視線從Sai的臉孔移開，再度搜尋那男人的蹤影。他坐過的位置已經空着，而食客忽然只有寥寥兩三個，清潔大嬸站在一旁閒着。

羽絨般嫩白的陽光下，桌面有濕布抹過的痕跡，很快就乾掉了。

其實這快餐店好像一直都沒有甚麼人，一直都很安靜。

「Sai，明天我要替人做訪問，錄音機能借我一用嗎？」

游泳池畔

游泳池被十幢三十層高的住宅包圍着。坐在池邊往上望，天空好像打開了一條通道，閃亮銀白的浮雲不斷引誘我去窺探。處身陰影中我想説：「看哪！我們多麼像井底之蛙！」可是自嘲的心情迅速消失了，因為天空變得好遙遠好朦朧。

靖轉池的時候，腳掌撥起的水花濺濕了我和紀棠的小腿。紀棠把腳掌浸在水裏，雙手撐着池邊，隆起的肩膊使背影呈一個M字。

靖在水中潛泳，長髮散開像魔鬼魚的披肩。如此性感的誘惑，以前短髮的她不曾散發過——這大概是長髮女子獨有的韻味。

紀棠一直盯着水面，盯着淺淺的閃光，盯着游向另一邊的靖。

「靖的泳姿像海豚嗎？」問題憋在心裏三年了，我不敢問，怕紀棠的答案會叫我無法直視穿泳衣的靖。

很久沒有和紀棠交談了，去年在W的婚禮上同桌吃飯，喝了幾杯酒，重提了一些中學時代的往事。當晚大家有哭有笑，像全盤豁出去似的忘形。然後，我在不斷遺忘中忙碌生活（或者該說是在不斷忙碌中遺忘），直至偶然想起了他——某朋友突然指着街上一個軍裝警察，煞有介事的跟我說：「紀棠當上警察後，好像不認得人似的，行為思想更乖戾狂妄。」

這句話像嘲諷紀棠選錯了職業，可是沒有人可以明確指出他最適合做甚麼。不管當事人還是旁觀者都不知道何謂「適合」，而我也不敢說自己找到最「適合」的工作：每天上班我亮着桌前的日光燈，低頭寫寫改改，打鍵盤啦控制mac機啦聽電話做速記，日光燈熄滅的時候，全公司的燈也同時熄滅。有時候，我覺得是工作尋找我們多於我們尋找工作，我們是被選擇而不是去選擇。

短得只有幾毫米的頭髮，讓我清楚看到紀棠頭皮的顏色。肌肉是多了，卻是軟綿綿的，黑得來沒有光澤，像海狗的皮。他的笑容如常地稀少——他根本是一個不會笑的傢伙，只喜歡板着臉孔挖苦老師，逗其他人笑。中五時，他問文學科老師甚麼是「共赴巫山」；交給歷史老師的習作寫着：「Please refer to textbook page 24-32」；地理科考試的選擇題全部都填B；校長巡樓時高聲質問經濟科老師，為甚麼每次校長路過都轉用英語授課……大家呲牙咧嘴說他目中無人，又很喜歡他把老師們耍得團團轉、七竅生煙。

寧靜中只有池水唼喋的聲音，因此紀棠罕有的聲音令人神經緊張：「還有畫畫嗎？以前你的教科書畫滿了《男兒當入樽》的三井……三井壽。」

哪本教科書畫了他說的三井壽呢？我不過重複繪畫投籃的動作——大概是某位老師講課太廢太悶，我趴在教科書上畫畫解悶，將小宇宙儲起來留待放學去補習。那時候，半班同學浩浩蕩蕩的放學，乘同一輛雙層巴士去補習。在巴士上，紀棠在我耳畔說某女同學的校服太薄，看到了胸罩的輪廓，害我心神恍惚直到夜晚。

「嗯……每星期都上繪圖軟件的班，下一步想報讀校外學位課程……」其實，我根本沒有錢報甚麼校外學位課程，只是不想丟臉而已。

紀棠沒有答話，繼續盯着靖游泳，她那葡萄色的泳衣在微光中特別悅目。

朋友曾鄭重告誡我，在街上見到紀棠不要打招呼，最好速速迴避。他們說紀棠好賭，欠債纍纍，煙又抽得兇；目中無人已經很糟了，還要沾染陋習，大家都看他不順眼。眼前的紀棠樣子雖然兇但未如傳聞中可怕，他那淡淡的煙草味不能證明甚麼，他的私生活也不到我去管。

水聲由遠而近，那聲音細微又溫柔，像石頭有節奏地撞入水中。靖游到池邊後站直身子，光影在她身上搖盪，很有動感。

已經是十月中旬了，天氣熱得反常，熱得沒有節制。附近的高樓似冰條、又似蠟燭一滴一滴在溶化，遲早會塌下來壓死我們。

靖脫下泳鏡，抬起一雙鳳眼：「你倆不游了嗎？難得大家有空，泳池又沒有人……很久沒試過痛快地游泳了，不是人多，就是水太濁。」

我把下巴擱在膝蓋上，掀起嘴角笑笑。

紀棠瞇起眼睛，仰視圍着我們的中產住宅，不知道他有沒有發現天空好像遠去了。「胖了，阻水，游得很吃力。」他向着天空說。

「最近我肥了三磅，要想法子減掉。」說着靖用手臂圍着腰肢，然後浸在水中只露出頭來。她的長髮在水裏散開，像一頂有生命的傘子。

靖跟以前一樣，很介意自己的體重和外表，小至一個髮夾都講究得不得了。讀完工商管理，她出奇地想做美術教師。可是既忍受不了學生的頑蠻，又不想做教學行政，所以去了私人公司打工。做了半年，又嫌上司刻薄寡恩、剛愎自用，便辭職不幹，跑去做兼職美術導師。當我還在想像她怎樣教人畫靜物水彩，她又用ICQ告訴我，她當上連鎖快餐店的分店經理。我竭力回憶快餐店的經理穿甚麼制服，總算整理出制服的樣式但無法拼湊靖的樣貌。

靖說，每間快餐店有兩個經理，早、晚兩班輪流調配。偶然會出現晚更緊接早更的情況，結果吩咐員工清潔地方、計算營業額、落閘鎖門的是她，第二天清晨開鎖、監督早餐製作的又是她。「醒來睜開眼就是快餐店的佈置，那些可怕的卡通人物幾乎成為我的家人……」她不能接受高大俊朗的弟弟是滑稽的小丑叔叔，「這工作能做到四十歲嗎？」應該不可以，我相信快餐店只會聘請年輕貌美的「姐姐」去籠絡小孩子，就像令人羨慕、充滿遐想的空中小姐吧，當眼角出現無法掩飾的魚尾紋、身材變得肥腫難分，結果只有成功躋身管理層做決策者，或者被辭退吧？

我知道靖按捺着自己的脾氣去工作。以前她看到小孩在商場裏東奔西跑，就會一臉鄙視：「為何還未摔一跤的？」她極討厭純情和童真，她是我認識的女孩中，唯一憎恨吉蒂貓和米奇老鼠的，她對那些煙視媚行、搔首弄姿的玉女明星嗤之以鼻。然而每個星期六、日及公眾假期，她都要戴上爆穀杯似的尖頂生日帽，扭毛巾一樣拼命擠出童真去擔任兒童生日會主持。笑着送禮物，笑着拍照，笑着帶領遊戲，笑着唱歌……下班後她的面頰都僵了。

中秋節的聚會後，地車月台上，她指着宣傳母乳餵哺的海報，認真至極的說：「三十歲之後才結婚，結婚也不要生小孩。難生、難教、難養，費心、費時、費神。」每個字都説得慷慨激昂，頭和手搖得快要甩下來。

我一臉認真的嘲笑道：「你每日要試食多少條薯條？」靖即向我拖以泰拳的肘擊，害我撞向月台的閘門。

每隔一段時間，女性最不方便的日子，靖都會佯裝經痛請假，給自己喘息的機會。現在，她嗅到薯條的味道都想嘔。

靖扶着池邊的梯子爬上來，圍上毛巾後，以雙手抱膝的姿勢坐在我們身旁。

我、靖和紀棠，又一次呆坐池畔靜靜享受時間流逝，看着一池仿似果凍的藍色液體在搖晃。

臭氧和氯氣味、蝶式的水花、物件上的光影、地上未乾的腳板印、滴水的髮梢、泡水太久的皺皮、濕水後貼身的泳衣、塞着耳孔的水、鮮黃色的浮板……無論去到哪個泳池都大同小異。我們的坐姿跟過去一樣，但我們已經不是我們了。四年前游泳池畔的我們已變換成「他們」，在畢業禮上被鎂光燈所嚇倒，藏身在大學校園某個角落。是在車仔麵檔那部汽水機後面吧？是在宿舍地下其中一部壞了的洗衣機裏吧？是在學生休息室電視機下的黃頁裏吧？是在超市零食貨架最高的一格吧？

大二的暑假真是前所未有的好日子。三個月的假期，多虧經濟不景而找不到暑期工，家裏又沒有經濟壓力，更沒有心情去準備下學年的課。因此summer hall便百無聊賴、渾渾噩噩的過日子，過着晝夜顛倒的生活。偶然找到一兩份短期兼職，做幾天便賺夠一個月的生活開銷。於是，每天平平安安睡到兩、三點，吃過下午茶便去游泳池，晚飯後打一會兒籃球或者逛街看戲。回到宿舍洗完澡便專心玩ICQ，或者上網打機、聽吳君如的電台節目。電視直播球賽的話便看，沒有的話凌晨三時便上床睡覺，翌日兩、三點起床……起初會有罪咎感，但久而久之便消失得乾乾淨淨。

下午的例行節目是去游泳池泡水。用「泡」形容比較貼切，因為靖和紀棠游得很敷衍，只可說是浸水消暑，只有我不斷地游來回，要催谷背肌。紀棠曾對我說，好運的話，可能遇上外籍女生穿三點式泳衣曬太陽，再好運一點的話，說不定可以交談……紀棠喜歡看女孩的胸部，他親口承認幻想過靖的裸體。當年校服太薄透視胸罩輪廓的正是靖——那時候，我和她不太熟，在學校裏很少交談，男仔頭的她不是班花。

紀棠的另一些傳聞是關於女人的。他有一個同居女友，兩人合租佐敦一個單位。他曾經向誰承認過對女朋友不忠，偷偷（或光明正大）去旺角的紅燈區，也去過大陸的夜總會。消息不會是真的吧？我真懷念，那時候背着我，在吱吱作響的日光燈下低頭看書寫論文的紀棠。他翻開的歷史研究書散發發霉的紙味，一本本像信天翁一樣張開翅膀，在書桌上飛舞，他就好像對着海咆吼的偉人。

大二那段好日子的某一天，我記得蟬在游泳池旁邊的樹上狂叫。靖伸直一雙好長好白的腿，我視線的焦點不自覺掠過她的線條。她突然很認真的說，二十七歲前要結婚，但也要有自己的事業。每年和丈夫去一次旅行，並且長生不老不需用SK-II。

紀棠歪着頭，眉飛色舞地附和，自己要發展中港貿易事業，做一個成功的生意人。

他想要一幢看到海的西貢別墅，家裏可以養牧羊狗，節日時大家可以去他的家開派對。

我也戰戰兢兢地說，畢業後要考入研究院，完成碩士和博士，發表有創見的學術論文，踢走那些混飯吃的騙子教授。

說完之後，熱氣蒸騰，我覺得自己是一件煎餃子。心裏頓然升起一股哀傷，不斷叫自己珍惜這一刻要好好記住這一刻，這一刻是最好的——這聲音在心裏反覆迴響。我盡量記下那一刻耳聞目睹的情形：紀棠穿黑色的泳褲靖穿淺藍色有間條的連身泳衣；泳池有兩個救生員一男一女都戴太陽眼鏡；池裏有七個人游泳，二女五男，有兩個內地學生；大鐘指着四時十一分，那是游泳池常有的白底黑字大鐘；氯水的氣味比較濃，溫度比較高；跳板上沒有人，遙遠的山上也沒有人窺視；天空很藍找不出一點破綻……我盡力記住這一切，這樣將來是會少一點後悔吧。

對於「將來」的宣言，那時候誰都沒有質疑過，也沒有指責對方幼稚。或者大家都當作戲言，從沒認真記在心裏。如果是這樣的話，之後的一段話更不必認真對待。

靖說，她要發明一種泳術，游起來像海豚一樣敏捷。她還說，不能做人的話，做海豚也不錯，起碼是不用腮呼吸的高智慧生物。

紀棠說他要做藍鯨，優哉游哉，在海裏自由翻騰。他要做大魚，至少也要做鯊魚。我說……我是滑齒龍，一種前侏羅紀末期的海洋巨獸。靖和紀棠都格格大笑，笑我退化做低等會游水的蜥蜴。我覺得做恐龍沒有甚麼不好，只要做一種有威力的龍。

靖笑得掩着嘴巴，然後彈起身走向泳池。紀棠朝着她扭動的臀部，低聲說了一句淫穢的話。我真想不到，他會說出那種淫穢的話。

不久，我們就穿上畢業袍告別放任的宿舍生活了。偶爾，我會獨自去游泳池，緬懷一下暑假的光影和水溫。我承認我仍眷戀在池底潛泳的感覺——我喜歡藍色的視野，水中緩慢的動作，聽水流動的聲音。然而，游泳給我的愉快愈來愈小，開始產生一種無法言喻的害羞感，那種羞愧猶如被人發現舊相簿裏的嬰兒裸照。我從肥胖的軀體知道自己已經變質，一次又一次用藉口自欺欺人，一次又一次押後追逐理想的限期。和很多人一樣，經歷無數次徹夜不眠的加班，被上司無故責罵挖苦，深不見底的疲累和失落，同事之間的鬥爭……以前自恃有勇氣、理想和時間，對自己、對別人許下很多諾言，現在才知道全部不切實際。以前以為自己可以改變潮流，但潮流只當我是一條生命力比較頑強的蛆蟲而已。

很累。對甚麼都提不起勁，對甚麼都缺乏興趣。我恥於向人提及我的論文題目，我亦不想人問及我的近況。

大二那年渾渾噩噩的暑假，煩厭得令人瘋狂的蟬噪哦。也許，我記得太清楚了，有必要記得那麼清楚嗎？紀棠和靖說不定忘記了那天說過的話，即使記得，都會覺得那是一番自大狂妄的廢話。

為甚麼我還要耿耿於懷？可能紀棠發覺當警察很刺激，比發展貿易事業要好一百倍，佐敦的單位比西貢的別墅更舒服。靖可能悄悄地承認，做快餐店經理比教小朋友用蠟筆畫獅子老虎好，起碼有人被她差遣使用。只有我以為，讀書研究做教授是最好的嗎？天天低頭寫論文，講課，出席研討會，做顧問，著書立說……我只是一個除了拼勁便甚麼也不擅長的人。

我跳入水裏。皮肉好痛，鼻孔入水。我伸直手臂潛游，直至胸口貼着池底的瓷磚，像伏在池底睡覺。我盡量在換氣前幻想我是滑齒龍，擺動着飛機翼那麼巨大的鰭翅，在自己孤獨懾人的吼叫中航行。

無名之旅

我一直以為那兒是茶果嶺，直至去年初夏一個熱得人頭昏腦脹的星期天：松岡里香驀地心血來潮，指着一艘被海浪拋得狼狽不堪的小船，嚷着要到對岸去看個究竟。我瞇起眼，瀏瀏地遠望那排齟齬得無法隱藏於山崖和樹木垂披的寮屋，平靜地答應了。

小船泊進西灣河碼頭，寥寥幾個人快步上岸。我和里香走過去，閘門前有殘舊指示牌，以不清秀的書法標明船乃前往三家村。依稀聽過這地名，可我一直以為它位於新界葱翠的山間。縱然對該處一無所知，沒有地圖沒有GPS手機，但帶里香走走看看還算綽綽有餘。

小得不甚起眼的碼頭，寂寞的人手收費閘口，猶如商業高樓避免過分親暱而保留的縫隙。如果這條尷尬的罅隙沒有被忽略，可能是豁然開朗的一條捷徑。里香咧着嘴卻不是笑，大抵是精神投放於觀察而忘記閉上嘴巴。她鯨吞從碼頭所見的景象和感覺：櫃台後面沉鬱的老女人、風中晃動的灰黑蛛網、欠缺表情的中年乘客、單薄而危危的木凳、遠近不一的馬達聲、羼雜柴油的海水鹹味……看她如此沉醉，我不單盼望小船誤點，還盼望……景色也會裝傻說謊。

船以散策的姿態橫越海港，適時會再放慢，讓路給貨船和它的餘波。這種無爭令我想到「騎驢」，不再着緊時間，只求安然漂泊到目的地。船程令里香更加雀躍，她舉起照相機不停地拍，巍峨的嘉亨灣、矚目的海防博物館、擁擠的避風塘……都被她定格了。我知道里香的照相機保存着她期望的香港，她的「香港」極力迴避金融中心的光潔和前衛，省略比比皆是的購物商場、千篇一律的咖啡店。她喜歡金魚街、磨鉸剪鏟刀、車公廟、舞獅、油占多、凍奶茶少甜。

船雖然慢，但減速預備停靠的一刻，海面還是浮現水泡和波紋，那混濁、那翻滾，我呆呆看着。迎來一條踏板的一九七三年三家村碼頭，一如年份的久遠它具像又貼切地銹蝕、殘破、斑駁，甚至冒犯地說……齷齪，卻異常質樸。

走出碼頭，里香對在舢舨上暴曬的寂寞唐狗感到詫異。唐狗這稱呼，籠統而帶鄙視，這種被低下階層以剩飯豢養的守門犬，走失病死都甚少有人理會。眼前伸出舌頭的唐狗只讓我想到賤命浮生，可里香以為牠被主人「遺忘」在船上而忐忑不安。看着浮着油污、光滑如鏡的青苔水，我無法翻譯「唐狗」，也不忍道破唐狗的命運：「その船は、犬の家だ。」里香聽後覺得不可思議，連環按下照相機的快門，嚓嚓嚓——依水而築的稠密小屋、唐狗眼裏的舢舨繩索、油塘工廠的多年油漬……又成為她對香港的一重理解。

循着有水的地方走，我們踱進了鯉魚門海鮮檔。到處濕漉漉的，像一幅竟日未乾的水彩畫，在畫上撒些鹽粒，會化成瓷磚上的銀光和海鮮腥氣。大小氣泵拼命把氧氣打進水裏，泡沫在水面膨脹然後擠成一群，一同壯大，一起爆破。玻璃缸、膠臉盆裏養着多種海產，脹得像汽球的墨魚、多腳的瀨尿蝦、死命附着容器的鮑魚、不時噴水的蛤蜊……里香看得傻了，不住問：「写真撮ってもいい？」一檔挨着一檔，我也學着以愉快心情注意這些生命的販賣。穿着水靴圍裙的店員老是問兩位要不要吃海鮮，我乾脆裝出關西口音說「すいまへん」。

通道漸見乾淨，油漆標註尋常人家的門牌，那顏色在溶化的石牆上漣洏欲滴。風雨在鐵閘的花紋上繡一層薄薄的鏽，出落成長綻的鐵花。里香興奮極了，這正是她預想中的香港風情，在大阪老家構想多年，終於給她親歷其境。不單是里香，連我自己都覺得時間被拖慢或凝住，我頓然想起舒巷城的小說，避開了世俗的失控。認得幾個漢字的里香，問我簡陋的小店為何叫「多士」（toast）。我指點透明膠罌裏的糖果、冷飲櫃的汽水，以及終年搓着麻將做生意的老闆，說這種舊式便利店叫「士多」（store）。或許我不該用「便利店」這個概念，她腦裏一定出現了Lawson和am pm，所以不解地問裏面store（儲存）了甚麼。碰巧附近的空地畫了「跳飛機」的數字方格，我信口胡謅這小店儲存了上世紀七十年代的香港情懷，你看罌裏的糖果，哪個同代人未曾吃過？附近餅舖的奶油香氣新鮮濃郁，令熱衷明治食品的里香更難揣測三十年前的糖果味道如何。她知道我在開玩笑，也知道我很認真，時而點頭又搖頭，半信半疑，又走開去了。

把海鮮檔、酒家、士多、民居甩在彎彎曲曲的通道後面……初夏的暑熱被午後的層積雲吸去，海邊的小燈塔微涼如水。許多人蹲在近岸的石上捉蟹撈魚，里香也試着尋找，青蟹以外，她還發現了用木條架起的鐵皮屋。里香不信裏面能住人，因為構成鐵皮屋的物質有木、鐵、膠、石……毫無章法可言。大半天只談平常話題，此刻突然轉向住

屋，里香說：「東京吉祥寺にある4畳の部屋ぼろぼろやけど、水道もトイレもついてるし、いやなら、駅二つの小金井はどう？」

我低頭看着腳下被潮水打磨得圓滑剔透的酒瓶碎片，用力踏下去，要它們擠出一點聲音，好讓我詐聽不到提問。

沉默的延續，是里香和我一先一後穿過天后廟——她在前固然是要拍一些廟裏的情況，那些通紅的擺設裝飾她實在大惑不解，但她對所有神明都恭恭敬敬。我走在後，想起里香提過的長谷川、西丸、竹本和石野，這些人，那些事，與我無關，卻是我和里香多次爭辯的核心。

再度一起前進的時候已是黃昏，低飛的鳥仿似貼在頭頂，颼一聲就是好幾隻。

廟後有些寮屋，電線杆在半空翻花繩，愈穿就愈亂，電線纏着更幼的電線或繩子，拉住了晾衣竹，掛起帆布，或沒入枯死的樹枝中。電線不理屋裏有沒有人，儘管走進去，把一家家的生活串起來。其實無法分辨哪些屋住了人，因為晾曬的衣衫不能作準，夾在門縫裏的信件也不能作準，最破落的一間屋也可能傳來收音機的聲音，甚至傳來一股白飯加老抽的香味。也許唐狗知道哪間屋住了人，但牠們不是把頭擱在路旁睡覺，就是走到海邊看人釣魚。

路彷彿完了。里香看到釣魚郎在遺跡似的頹垣上垂釣，想走過去張望，可是沒有接續的路。潮漲了海水湧上岸，我試過把握最後的時間衝過去，而里香在旁靜候。水漲得出奇的快，勉強衝過去登陸，或許將被困於石上一整晚。我膽怯，怕不能回頭，就趁天未黑帶里香折返小燈塔。

紅霞夾在九龍和港島之間如火如荼地點燃動輒四、五十層高的商廈，郵輪就在這樣的背景下昂然入港。兩岸燈火相繼亮起，這半小時的漸變比純粹的夜景更耐看。里香看過不少夜景，總結時斬釘截鐵說香港的最美。我卻喜歡東京夜景，那是遍地碎得不能再碎的星星。我不想挑起爭端，到底是細碎靜止的好，還是近距離閃動的好。任何選擇都有道理，且都值得尊重。

里香驀然對着天色說：「今日はとても楽しかった。ありがとう。」快樂是不是由衷的呢？多謝又是不是單指那次旅程？我想起里香咧嘴而不是笑的那副表情。

我對鯉魚門海鮮檔魚缸的氣泡記憶猶新：它們不斷冒出、攀升，然後爆破，方生方死，如我和里香的好日子。緣份終捱不過一個欠缺颱風的夏季，此後我執着於跟里香遊歷過的地方。憑記憶我嘗試單獨突破三家村令人盤桓的水邊，以延續去年炙熱的情味。原來冒着狗吠拐進小巷，經過馬環村的幾戶人家，走過乾濕分明的石灘便可到達廢棄的礦場。礦場的圍網被剪出一個洞，彎一彎腰走進去，一片頹垣淒淒而不美，亂草被火燒焦，垃圾處處，只說得上蒼涼。但這兒更接近偏安的小西灣、瓶頸的鯉魚門、多燈火的將軍澳。若執拗要把地名譯成日語：しゅうさいわん、れいうーむん、しょうぐんおう，語音譎奇又充滿遐想。唸着唸着，我想起里香認識香港的視角，她不熱衷崇光、一田、吉之島，也不愛又一城、時代廣場、IFC。舊碼頭、唐狗、海鮮檔、士多、寮屋、雞仔餅……我已絲毫不覺心動，但她興致勃勃拍下好幾百幀照片，鄭重地傳回老家、用不少文字跟家人朋友分享。很遺憾，當中含有她來港前預設的視角，不一定反映實情；她嘗試尋找和印證她的期望，卻不會分辨哪些是誤導。里香構想的香港，一定比我所知的香港要美——有時候我懷着私心、因利乘便刻意誤導，又放任她馳騁一廂情願的想像而不作糾正，以為足以扭轉劣勢，但我過度輕視她回家的慾望。

縱使得逞，亦難保，時間久了，她自行發現真相、拂袖而去。

畢竟有些事不由得我決定，由得的我也選擇迴避，結果只餘下私心招來的惡果。

里香拍攝那些相片時我亦在場，每按一次快門都是確鑿的罪證……那明明是被我熟視然後棄置在記憶角落的事物，因心懷不軌而曲解的風景，竟在我下決定前大肆喧擾。

望向茫茫鯉魚門，大船小船隱約而來，隱約而去。漠漠煙霞無法淡化心頭的怯懦，即使吉祥寺我曾經去過，而且看來是一個很不錯的地方。

去年七月，汗臭濕衣衫

我本來就是用氣味來記憶的人：外公的體味、殘留於發黃汗衫的白貓牌洗衣粉味、元朗野生大蕉爛熟的氣味，加上黃立光止痛油的藥香，混合成外公獨有的氣味。閉上眼我立即看見外公捋起褲管露出有靜脈曲張的腿，在昏暗中用手掌細細摩擦。他的氣味因為按摩而一陣熱又一陣涼，就這樣鎖住一個畫面：牆上的三洋牌電風扇每次回頭都有低微的震蕩；萬年青插在粉紅色畫着孔雀的花瓶裏，半枯的葉下二手卡式錄音機播着《紫釵記》；枱上有從茶樓買回來的炸魷魚鬚，有畫着圓圈交叉和數字的《專業》馬報；外婆把告東尼亂罵一通後，打電話問今晚哪個回來吃飯……微末細節抽絲剝繭慢慢拉回來了，那時候我八歲，又已經是二十年前的事——借助氣味，我才把一切記得清清楚楚。

偶爾在公車上，身邊的長者散發相似的氣味，我就能站在時光的水湄，伸一支綁着細網的竹竿入水，撈起蟹一樣的記憶——濕淋淋的，有點亮光，可是不太掙扎，因為並不新鮮。

今年並非只有小暑大暑才熱得要命，平常的室外氣溫也維持在三十度以上，走在街上，衣衫在兩、三分鐘內濕出一個水印，再過幾分鐘，背脊和衣服已經緊貼一起了，再過幾分鐘就能用「濕透」形容。汗濕衣衫，也不代表漚出的汗臭必定令人迴避，但體質差的時候十居其八九都一發不可收拾，味道直迫垃圾和坑渠水，假如背包裏沒有後備衣衫，我就要去廉價服裝店買新衣替換。汗臭貼身得無以復加，近來在烈日下疲於營生的同時，藉着氣味這支竹竿，兩隻緩慢擺動鉗子的蟹被撈上岸來。

去年大暑前夕，天氣燠熱又沒有一絲清風，偏偏這天要到新界北區一條小村做採訪。熱到極點有時會下雷雨，然而大雷雨也是熱的，是蒸籠裏的水。我在阿新的小屋裏聽着雨水敲打鐵皮，翻看他幾張舊照片，話很快就說完了，面面相覷，片刻無話。正納悶如何交差，恰好視線望着窗外的小山，阿新誤會我被那叢蒼翠迷住，就提議出外走走，實地考察或許能勾起更多軼事。於是我倆走在雨後的路上，枝頭和電線還掛着水珠，話題便從水開始了。於是，他談梧桐河、捉魚、跳水、大樹菠蘿、福壽螺、假芋頭、蛙卵、冬瓜……我不斷替所見的事物拍照，並記着他所說的人和事，漸漸就理出個頭緒，覺得腦裏的故事可以在這裏落地生根。因為沒工夫寫筆記，我還是用嗅覺去記住面前的鄉村景色，我熟能生巧。

跟着阿新穿梭於各種植物，不知不覺在籬笆前停住。阿新說，不如探一探阿嫂吧，說罷一箭步走進院子喊阿嫂，一個老婆婆探頭出來，臉上沒有悅色只有莊嚴。院裏有六條惡犬，我小心估計狗鏈的長度，在狗撲不到的地方竄過，結果惹來連串怒吠。

說是阿嫂，可阿新跟她沒有親戚關係，不過是老相識，所以叫得親切。阿嫂住的是典型鄉郊木屋，用木板和鐵皮搭成，霉的霉，鏽的鏽，破爛猶有自然美，被太陽曬着散發一陣沸水的氣味。阿嫂邀我進去坐，只見廳裏放着各種雜物，但不淩亂，家具很舊，但不破爛。老屋的時空停留在七十年代，連杯裏的開水也有七十年代的味道。屋裏通風不好，我冒汗更多，而汗帶着草根味，大抵是混和了鄉郊植物的氣息，兼暴曬得有點厲害之故。

阿新和阿嫂聊天（我被漠視），聊到業主要收屋收地。已經八十歲的老人家，還要她搬到哪裏？這裏空氣好、清靜、乾淨，有地方給她活動，又有六條狗作伴。當然法律上地主有收地的理據，但鄉郊這片地不見得太有經濟價值，是否急於要收呢？又是一番人情和道理的爭論，我繼續置身事外，飲兩口七十年代味的開水。

「你有時間就過來看我，免得我死了發臭。」老人家最愛説這種傻話。

靜靜聽着阿嫂訴苦也不便插嘴問阿新童年的事，她老人家也只輕輕帶過幾句：「人本來就不壞。上一代的事，不要牽連到孩子頭上嘛，況且上一代根本不壞，也不知壞從何來？」好像甚麼都沒説，但已經解釋了很多。阿嫂見我和阿新都光着手臂，就問可否替她摘龍眼。滿園纍纍的龍眼她竟然一顆也吃不到，又想起明年這兒不知道還有沒有龍眼樹，我就答應了。

陽光太淩厲，有三條狗已經躲回窩裏睡午覺。阿嫂指着其中一棵樹説：「這棵最好，要砍，砍這棵。」斬釘截鐵的她翻出斧頭和各式各樣的鋸，我拿着青龍偃月刀一樣的長柄鋸，在阿新的指導下開始鋸樹。只鋸了兩分鐘，我已通體濕透，兩條手臂閃出亮光，褲管黏着膝蓋和大腿，開始舉步維艱。

與此同時，人蟻大戰也展開。蟻沿着樹枝、鋸、手臂，爬到我身上各處。牠們用鉗子似的嘴拼命噛，我掐死一隻，另外兩隻又在別處噛。

「嗨，痛不痛？我給你們殺蟲水吧。」阿嫂的語氣是那麼不痛不癢，趿着拖鞋慢慢踱回老屋，又慢慢捧來幾支瓶裝殺蟲水。

砍樹，滅蟻，摘龍眼，三個動作不斷重複，我通體濕滑得像蛞蝓，蟻爬上來竟給汗水黏住手腳，未幾更淹死。汗水被體溫溫着，味道變得酸臭，像某些我不懂欣賞的芝士一樣倒人胃口。

點算收成，共有滿滿十籮龍眼。阿嫂吃着龍眼笑呵呵地讚美背後的一片山水，而我望着只餘主幹的龍眼樹，知道它未來幾年都不會結一個果。可阿嫂不覺惋惜：「明年嘛，還有那一棵，唔，還有那一棵……」對，還有兩棵蓬鬆的龍眼樹，耷拉着頭。「況且，也不知明年我還在不在，龍眼樹結果，與我何干？」今年有龍眼，就今年吃盡吧。明年或許是樹不在，又或許是人不在，又或者兩樣都不在。

這次勞動我身上每個毛孔都出過汗。被汗水濕透的衣服被曬乾，發出難聞的臭味之餘，又留下淺淺的白痕——這是汗水裏的鹽分。我把又濕又臭的上衣脱下、拿到水龍頭下沖洗，鄉村的水有田野的味道，不知何故，雖然沒有嘗過，但覺得水是冰甜的，若能用這水洗澡，說不定會流不臭的汗……

鋸過龍眼樹，尚有半斤阿嫂龍眼在我家的電冰箱，又一個大熱天，我和可洛按着上網找到的地址，走進工廠區嘗試向紙行買紙。我們幾個自資辦雜誌的傢伙，只有兩個有正職，所以辦刊物的支出能省就省，直接買紙再自行影印是最低廉的方法。工廠區裏的路我們不太懂，我們拿着地圖和歐洲新聞紙樣本上上落落。流汗，喝水，流汗，不多久我背包裏的水就喝光了，背脊也濕透了。

儘管手工業早遷到大陸，但盛夏的工廠區還是不得涼快。卡車衝過不知哪裏來的蒸氣，把一車又一車的笨重載入又帶走。街上的工人莫不是赤膊，在肩上或頸後搭一條灰灰黑黑的毛巾，黝黑的皮膚乾巴巴失去水分，像條肉乾。水泥地薰出一陣石頭的味道，與此同時穿過布鞋的膠底我感覺到甚麼叫烤炙。

慢慢摸到門路，乘人手操作的升降機到達目標中的第一間公司。它像貨倉，貨物堆出迷宮的直角式通道，新紙和舊紙的氣味，在悶熱的空氣裏互相醞釀。兜兜轉轉，喊了很多聲「唔該」，最終自行找到登上閣樓的指示。推門進去，一個秘書在寫字桌上工作，我們道明來意，她滿臉疑惑，着我們去找老闆。當時我們還不明白秘書疑惑的原因，待向老闆再解釋一遍，才知道人家做的是出口到歐洲的包裝紙生意，而即使買包裝紙也不設零售。

回到街上，酷熱沒減退幾度，我更加留意到每幢工廠大廈的門口，或貨車出入口附近，都有一兩部赤色的汽水自助售賣機。好想把冰涼的冷飲灌進乾涸的嘴裏，身體告訴我要補充水分，然後再流汗。

第二間公司是細細的辦公室。隔着玻璃，我們看到幾個女子在裏面忙碌。按下門鈴，其中一個抬頭看我們一眼（其實是白我們一眼），一臉疑惑，跟另一個女子商量後才開門給我們（必定覺得我們似賊）。再道明來意，對方遲遲疑疑的，說甚麼不知道啊要待老闆回來。辦公室的空調很強，吹得人項脊發涼，我急急吸幾口氣運功調息。打着哆嗦離去前可洛說或者晚些再來，推開玻璃門的剎那，背後有個女聲說：「沒有的，別再來。」其實這班人的嘴臉早就表示我們的查詢是「白撞」甚至「運桔」，對慣見大數目上落的她們而言一疊新聞紙又算得上甚麼？可是我們只是來查詢，並無惡意，也沒胡鬧，她們的嘴臉卻太高傲。

不太想跑最後一間但反正在同一條路上也不妨走走好讓死心得更徹底。最後一間紙行，守門的大叔外貌像江毅，神態則似黃秋生。我入去查詢他根本就不理我，在枱燈下用眼睛舔吮副刊風月版的女性胴體。搬貨的手拉車拖進拖出一堆堆的白紙，每一堆都是一個完美的方形，不多不少的，很整齊。我問有沒有紙賣，他看完一段圖文並茂的濠江風月消息，才撥冗瞄一瞄我手上的新聞紙，說：「這些紙好賤，好賤的。」他的眼神像暗器，快、狠、準，不過一秒，從眼鏡邊緣飛出，刺得人好不舒服。

碰壁的我和可洛，就是為了「很賤」的紙跑到工廠區，想一次過買足夠印三期的數量。新聞紙的確很賤，對紙行而言或許沒有利潤可言，而我很難說服某些人相信，紙上印刷的文字和圖像才是靈魂——因為紙不論粗糙或精美，人們閱讀的只是紙上的文字，接收的是文字所記載的訊息——紙質好，並不影響內容，只關乎手感或印象。

雙腿已溶了半條，由靈魂吊着身體離開工廠區。車站很遠，我和可洛在路上蹣跚着自我開懷。

「原來紙行是做國際生意的紙行。」

「那麼回去幫襯文具店阿姐好了。」

「阿姐賣紙很貴，紙又裁得很糟。」

「有時候時間也是金錢，別計較。」

「今次又找誰去搬紙，三大疊啊。」
「也是我你他啦，難道出動貨車？」
「祈求不要印錯買一次夠印三期。」
「其實你不覺得火炭工業區熱嗎？」
「香港哪個工業區是冬暖夏涼的？」
「因為叫火炭好像熱得比較放肆。」
「下次買些冷飲覺得累便灌幾口。」
「難道你忘了那兒的雪櫃是壞的？」

談話內容也是熱氣迫人的，不過再熱也流不出汗。我突然記起飲江那首叫〈鹹魚店〉的十四行詩，因為我覺得我的身體鋪滿了鹽。

烈日，汗臭，讓去年七月這兩件事最近經常浮現，教我想起阿嫂和龍眼樹，六條惡犬和享受當下；工廠區和新聞紙，倜熱和盡力而為。流汗也是付出的證明，肯做的話，冤枉路走得再長、釘子碰得再多，末了總會有小收成吧——我一廂情願地相信，並把一切歸納進去。

不解

當晚我盤腿坐在軟墊上，借着茶几一角做日本語能力試的聽解習題。里香在房子裏無事瞎忙，弄弄這個，又弄弄那個，揚起一陣洗衣粉味，又揚起一陣樟腦味——兩者都是日式的，恆常在房子裏緩慢沉澱。奇怪的是她愈忙房子愈凌亂：若不把雜誌、零食和電腦放上沙發，地板就沒有坐的空間。各式雜物繁多又零碎，里香卻老是不願意買些箱子回來作分類盛放，我又不便多言。

忽爾里香皺着眉再度埋怨這房子委實太小，謾罵牆上滲漏的水漬，又斥責地板的破損如樹根蔓延。她說過，這房子的總面積還不如她老家的一個部屋。她老家的平房有多大呢？據說兩層高有小花園、每位家庭成員都有獨立部屋，當然還有居間、風呂、後廊、台所……里香的部屋窗戶朝東，每朝淺綠色的窗簾都被陽光曬得潔白如雪、閃閃生輝。電車高速行駛的聲音間歇由遠而近，不算太吵，還特別道地好聽。假如描述屬實，里香現在租住的房子實在相對地不堪：廚房容得下電冰箱就容不下人；拉開窗簾，對面是一排凝神屏息的大廈，無數偷窺的眼睛匿藏在暗處伺候機會；樓上樓下常傳來孩童的哭鬧和暴躁男子的粗言穢語。

里香多番埋怨，又多番嗟嘆，意圖昭然可見。她瞎忙的其中一個舉動是用刀子砍鑿冷藏櫃過多的霜雪，那種聲音教人想到魚市場、鮮血和僵硬。她心中有一根叫貶謫的刺，她不甘囿於目前的困境。

那次我的確是無心之失：夜裏我從里香房子那唯一向北的窗戶，望向對岸九龍灣最矚目的新商場。我說，從這裏遠眺的那片海小得像盥洗盆，不可能有一條完整的船出現在景觀裏……因此，房東太太索價太高了。我的語氣帶着同情，卻不知道里香聽來覺得刻薄。她頓時變成一頭野牛，以與身形絕不相稱的力氣將我攆到走廊，還特地大力鎖門以示決絕。香港人喜歡拿房子的景觀開玩笑，我們都知道那是樓盤廣告最幽默的地方，而且早就對所謂「海景」徹底失望。但我忘了里香有種比較心態，我的批評觸動她的委屈——這種破破爛爛的舊房子，永遠比不上她家的部屋。雖然，不少本地人住在更爛更糟的房子裏：是套房或舊式公屋，沒有窗或只有一扇向着後巷的氣窗，不是望向垃圾房就是馬路……但里香拒絕認識這種真相。後來我聽到竹本和她的丈夫住在西九龍向海的新建屋苑，長谷川在男朋友的資助下搬進藍灣半島……我便恍然明白里香為何如此敏感。

里香瞎忙時無意中聽到那些簡單又滑稽的聽解題目，不時哈哈笑出幾聲，可我絞盡腦汁也不知道哪個才是正確答案。我請教她，她說容易得很，小學生憑直覺都懂得答。我說聽漏一個詞、不懂一個關鍵字就要投降，我沒有你那種語感。我能在四個選擇裏，篩剩兩個可能答案不是很了不起嗎？她沒有給予我期望的稱讚，也沒有回頭看我一眼，只說太容易了實在太容易了，語氣帶着嘲諷。

我不是教過里香認識廣東話的九聲嗎？清清楚楚分開聲母和韻母去教，再以十分誇張的嘴形作示範「痛」「凍」、「雞」「佳」、「生」「珍」、「金」「襟」、「洗」「死」。可她還是說成：「我頭凍，今日唔尚死衫。」我瞇眼一笑，糾正着再教道：「我頭痛，今日唔想洗衫」。

里香經常暗示我做事不賣力，付出也不夠多。她所訂的尺度，她的期望，常常藉

「太容易了實在太容易了」透露出來。她牢牢盯住唯一的目標，其餘都屬可以拋棄的糟糠，不理有形或無形。

幾百元的國產蹩腳影碟機，播放聲音檔的效果出乎意料地差，這和同時使用老舊十四吋電視機的揚聲器不無關係。里香不是不想買質素更好的電器，可每月收支平衡是一大難題。房子裏很多家電和日用品都是勉強用着的二手貨，例如茶几、電冰箱、洗衣機、衣櫃、微波爐和抽濕機。每次使用這些半舊用品我都會項脊發涼，覺得里香在背後緊緊盯着。她心裏一定在抱怨：要是你再出色一點，我們就不用受這些舊電器的氣了。

稍一分神我就跟不上聽解試題聲帶的內容，慌慌張張又狼狼狽狽，像哪個足球弱隊的守門員拼命死守最後防線，左飛右撲試圖力挽狂瀾，可只是輸得更難看。

今天是日本語能力試舉行的日子，我是個一知半解的寒磣小卒。試題如急風把我吹得東歪西倒：時而是素未謀面的生字，僅可唸出它的語音；時而是一串淩厲的語音一閃即逝。我宛如被追擊的發窘小兔，不爽的感覺跟翻看里香的舊照片相似。那次，她回家度中元節，刻意帶走一疊精選的成長照片。也是借着茶几一角，里香翻弄着照片從旁解說。每幀照片的時間地點人物對我來說都是陌生的，就連里香也不例外。雖然我渴望投入，我有這份熱情，但薄薄相片連接着的是難以追溯的時空——啣着煙斗有學者風範的外公高橋、小學旅行掛在運動衣上的名字布、刻意與妹妹裝扮得一模一樣、初中時未經修飾的雙眉、卒業旅行三個女孩同遊伊勢半島、青春得不拘禮的足球隊助理、成人禮那過分誇張的頭飾與妝容……還有一大串我再也對應不到性別臉容身分的名字：前川、小阪、內山、井上、小林、土屋、木村……

那疊照片的紙質、經沖曬而顯現的色彩、取景的手法與角度，都屬阻隔重重的日式。我愈看愈怯懦，正像當下聲帶播完一段又一段，我惶惑着無法從四個選擇裏挑出兩個可能答案。

難堪汗顏時，我又想起里香放在地板上的軟墊。那薄如一本周刊的軟墊不能令人坐得舒服，可是若買不起大面積、質量好的榻榻米就只能用這個僅僅比臀部大一點的坐墊虛應一下。我同情這個墊子，雖然它是十元店的貨色，但它至少令我不直接坐在地上，不讓冷硬的地板弄傷我的皮膚——它已經很努力很努力了。里香一次又一次說試題太容易了太容易了而我真的覺得很難。有些東西在她眼中很簡單、理所當然，她認為可以做到十全十美——期望很容易，要求也很容易——冬夜裏我們抬頭看到的星光，要走上迢迢幾千光年才到達地球、射進我們這些微塵的眼裏。里香一直想我有能照亮她的星光，帶她脱離昏暗和低迷，可我卻説出「遠眺的那片海小得不似是海」這種話。

因為營役多時仍做不到里香那沒有宣之於口的「基本」要求，或明或隱我被全盤否定且動輒得咎。問過可有耐性等待我的忙碌開出小小花果，她搖頭低首表明容忍不了因為信心盡失。我審視被否定的所有，質疑是否全然一文不值算得上不濟。

三個月後，日本語能力試的成績將會公佈，屆時慶祝抑或頹廢都與里香無干。有一點我對着誰都可以無愧重申：我考這個試出於自願——她根本不必怕背負罪名，況且從來沒有甚麼理虧或拖欠——不過她也許從來不當一回事，她慣於置身事外。其實我也是一塊面積有限的微薄坐墊，及不上百貨公司面積大、有厚度的高檔貨，但我也努力背着硬而冰冷的地板，承接從上而來的壓力。

機票我早已買好，考試完結後我就到里香的故鄉走一趟。平凡而寂寞的小町，JR線上一個簡陋的小站，沒有任何可觀景點。它只是里香騎自行車跌倒和餵野貓的地方，是她讀縣立初中和做兼職收銀員的地方，是她發生交通意外和經歷初戀的地方……我憑着足以自誇的特強記憶力，循着里香口述的線索、照片呈現的景象，自行訪尋那個市、那個町，為要到達里香所有故事的發生現場。或許，我終於可以目睹她老家的平房有多大，如何充裕地在閘門外停泊一輛豐田汽車，證實她讀過的高校是否位於全市最高的山崗。我不需再吃力築構想像，去減少不了解里香的歉疚；也不需再駁倒自己的推測，責備自己沒有主動付出。這些理由是否堂皇牢固，或者稱得上是絕妙的解脱，都與松岡里香這個人沒有任何關係——當她仍執着於「太容易了實在太容易了」，而我清楚自己連最後一分力都已使出，哪裏還有拖欠與得失？

責任編輯：羅國洪
裝幀設計：花　苑

書　　名：板栗集
作　　者：麥樹堅
出　　版：匯智出版有限公司
香港九龍尖沙咀赫德道二A
首邦行八樓八〇三室
電話：二三九〇〇六〇五
傳真：二一四二三一六一
網址：http://www.ip.com.hk
發　　行：香港聯合書刊物流有限公司
香港新界大埔汀麗路三十六號
中華商務印刷大廈三字樓
電話：二一五〇二一〇〇
傳真：二四〇七三〇六二
印　　刷：陽光（彩美）印刷有限公司
版　　次：二零一九年七月初版
國際書號：978-988-78988-9-4